日尝时光

下班陪你进厨房

苏宇铃/著

Taste
Life
Daily

北京时代华文书局

推荐序

Eating mindfully

许舜英
奥美时尚中国区首席创意长

生活在经济高度发展的国际大都会中，每个人或多或少都有些饮食失调（eating disorder）的症状。

以我自己为例：去餐厅用餐，不太敢喝他们供应的茶水；每次点菜，都会焦虑地要求“少油，不要味精”；对别人高度推荐的砂锅鱼头煲，总是浅尝即止，因为吃不惯那些有股土腥味的养殖鱼鲜；很久没有兴趣点一般粤菜馆里的盐焗鸡，因为那些鸡好像肌肉萎缩兼皮下脂肪太多；在上海太久没敢在市场买鱼，觉得该补充一些优质蛋白质的时候，只能花大价钱去银座吃高级寿司。选择这些高档餐厅，常常不是为了享受美食，而是心理上觉得他们用的食材比较“正常可靠”。在当下，每日所需的基本食物，例如安心的白米、茶叶、蔬果，似乎已经成为特权阶级的身份象征。

已经多年没碰过动物内脏做的美食。由于迫不得已的挑食策略，家里备有瓶瓶罐罐的营养补充品，例如植物蛋白粉之类，最夸张的是有朋友送的一种胶囊，补充“白身鱼肉”摄取不足。多年来摆放各种美食书籍及食谱的书架上，不知不觉多了许多医生写的餐桌攻略，打开 iPhone，每天都有人贴文转发各种危险食品清单和食品工业内幕。

以上种种行径，并不表示我的饮食生活有多么健康，我爱香槟，我爱松露，我爱奶油，我爱寿司……但我发现，我最爱的是已经失落了的传统家庭料理，以及它所代表的一切餐桌上的场景、情感及文化。

这种失落的感伤与年龄的增加成正比，原来在吃饭这件事上，我十分的保守。

会做菜的朋友邀约的家宴，比“南法”的米其林餐厅对我更有吸引力。我发现自己在某些能干、热心、会做菜、母性强的人面前，会十分乖巧而驯服。有一次在北京，一位经营书店的老板在午餐时端出了一道私房料理给我们，那是一道用蚝干烹煮的海鲜咸粥，我的家庭遗传因子顿时发作而为之激动不已！蚝干是过去家里常用的干货海味之一，一般台湾菜并不常见，更何况是在北京。我发现自己无法接受在外面的餐厅吃年夜饭这件事，无法接受到几乎要看心理医生的程度，我不知道自己对这种事有这么强烈的情感。

与此同时，有趣的是，身边做菜的朋友渐渐多了起来，有去巴黎的蓝带厨艺学校学艺归来的，有中年突然转业做厨师的，有定期下厨邀宴的，微信上面的内容除了吃还是吃！长期在这个行业中，每天永远在处理各种概念、哲理、宣言、文本、图像的一群人，好像从与食物的关系中找到了某种非符号化的生活体验。

克里希那穆提说过：审视自己如何生活。（Watch how you actually live.）

如果你问我早上是如何起床的，我会回答不知道。我不知不觉地又抽了三根烟。我对自己一无所知，我不知道我如何眨眼，如何洗脸，如何从这里走到那里，如何举起筷子，如何绑鞋带，如何不概念化、不抽象化、不创造性地知道自己如何活着。

或许我可以从真正用心吃一粒葡萄干开始。或许就像本书的作者Annie（安妮）一样，用心地想要与人分享她的做菜心得及生命经验，无关深奥的美食艺术，而只是她品尝生命的滋味。

推荐序

味蕾的奢侈

朱浩
资深广告人、摄影家

不挑食，是小时候大人对孩子们的赞誉。在食物稀缺的年代，做到这点倒真的不是太难。只不过，它对我日后的负面影响是总无暇领会食不厌精、脍不厌细的要领。读大学时交了一位文学理论系的女友，她非但讲究美食，还挑剔用餐的情调。凡到吃饭约会，我们矛盾骤起。终于有一天，我告诉她："我只有一个现实主义的胃，而你有太多浪漫主义的味蕾。"

现实主义的胃，保持着饥饿感，正好迎合了一个物质极速发展的时代。当有一天，连永不满足的饱胀感都无以消受的时候，它终于联合富态的肝脏、甜腻的胰腺和得了收藏癖的胆囊，高举起魔幻现实主义的骷髅旗。从此，我不得不与食物保持着善意的距离。

也就是那一刻，我的味蕾却好像觉醒了。

我开始体会到一口白饭的米香，白灼的菜蔬也留下回味，浅尝即止的每道菜，似乎都可以唤醒记忆里种种幸福的原味。也许那是因为无缘大快朵颐，而不得已对食物油然而起的敬畏与珍重，抑或对食物的依赖催发了精神的饥饿，总之，味觉简直演化成为一种奢侈的体验。

原本，关于吃的书，由我来写读后感是何等可笑又残酷的事，馋我！但读着Annie的《日尝时光》，我竟读出她与食物处处保持着微妙的距离。在他们之间，任由日常琐事平凡流过，而寥寥数笔速写而成的食物，却在被定格的一个个情境时空里，因为那些人那些事儿，如刚刚上桌一般，有着鲜活的色香味，让我的味蕾也感同身受。

日常都是修行，酒肉穿肠，本也是修行的一部分。舌尝五味是造化，从食物里悟得平常心，却是味蕾的奢侈吧。

谈到奢侈，记得一次为客户提案，当讲述市场定位策略时我突发妙语：舍得时间，舍得空间，懂得舍与得，你就是奢侈品。我想美食大抵也是如此，三餐家常，市井食肆，盛宴饕餮，谓之美食，只因在味蕾的舍得间，尝出时间的味道、人间的滋味。

您吃了吗？

推荐序

不只是牛肝菌野菇炖饭

龚大中
台湾奥美广告执行创意总监

美味的料理，跟情感之间有何关系？时至今日，黄昏时分走过巷弄的我，还是会因为空气中飘来的饭菜香而想起妈妈。在感官上，味觉和嗅觉是深深连接着记忆的，属于做的人和吃的人之间的点点滴滴，我迷恋着那些可以被舌尖尝到的心意。

活了快四十岁，我唯一会做的一道菜叫牛肝菌野菇炖饭，教我的人正是作者Annie学姐。当初学的动机说起来有点难为情，最后也没如愿炖出期待的结果，甚至起过终身不再炖饭的念头。怎料那年父亲节，爸爸说不想上馆子想在家吃，这唯一的厨艺竟然重新派上用场。爸爸坐不住，小时候妈妈做菜时他就爱在厨房走来晃去东张西望，妈妈总嫌他碍事。我下厨时他自然也闲不住，时不时就会走到我的身旁，杵在那儿，好奇地看着他的宝贝儿子生硬地切着各式食材、笨拙地用木铲不停翻动那锅不知是何物的东西，一边看一边微笑着说：“你在干什么呀？你真的会做菜呀？”这句话像跳针一样没完没了地重复着，然后一阵短暂的安静，到要加入白酒的时候他又开口了：“这个倒多一点。”我好笑地遵命照办。

那是我做过最好吃的炖饭，从爸爸满意的表情可以看得出来，我想不只是满意炖饭，也是满意他会做炖饭的儿子吧。于是，我又继续炖饭了，一直炖到现在还是只会炖饭，炖饭需要耐心、时间和繁复的工序，但我却十分享受那样的过程。说也奇怪，每次做炖饭，都会觉得爸爸好像在旁边看着我笑，然后我会为他多加一点白酒……

这就是Annie教我的，不只是牛肝菌野菇炖饭的牛肝菌野菇炖饭。在她用文字精心调味端上桌的这本书里头，我想我们将学到更多的，不只是一道一道挑逗味蕾的美味料理，还有一段一段触动人心的真实情感。学姐，开动前先说一声，谢啰！

推荐序

酸菜砂锅与大红袍

邓立
资深媒体人、前《嘉人marie claire》品牌首席内容官
北京文化影视媒体集团艺人发展事业部总经理

几天前收到苏宇铃小姐的《日尝时光》繁体字版，不知不觉读了两个多小时。我和宇铃并不相熟，是她书中一段段与美食相关的生活经历吸引了我。天下珍馐美馔无穷尽，能让人念念不忘的，一定和某种生活经历有莫大的关系。味蕾和嗅觉最容易调动埋藏的记忆片段，宇铃温暖美好的文字就这样勾出我的一段回忆，猝不及防。

五年前第一次见到石阿姨——她是好朋友的妈妈，一位优雅美好的长者，总是在妥帖地关照身边每个人。最令人称奇的是她一个人在厨房能很快变出一桌菜，而我喜欢倚在门框上，一边看她“变戏法”，一边和她聊天。虽然年过七旬，但她的观念却鲜活有趣，每次我说起周遭那些鸡零狗碎的职场纷争，她都能简洁幽默地给予评价，令我有醍醐灌顶般的顿悟。

当然，最幸福的还是在北京寒冷的冬日，石阿姨用一锅热气腾腾的酸菜白肉招待我。大号砂锅煨好，端上来时还咕嘟咕嘟翻滚着气泡，香气四溢。每次我都一口气吃上五碗（对的，你没有看错，是五碗），吃得额角冒汗。当我满足地放下勺子抬起头时，她喜滋滋地看着我说："再来一碗吧！"我立刻说："好嘞！"

有次我问石阿姨："是不是我太能吃了，您每次都用这么大的砂锅，换了别人就用小锅了吧。"

她说："必须大锅。"酸菜和白肉要先用油煸熟，再放入大砂锅里，再依次放肉丸子、粉条，各种食材按比例码放炖煮。所以，这道菜要用大锅煨，最好是多人（或者像我这样一个能吃的老饕）一起享用。外面店家用的小锅，将酸菜和白肉两样混煮一气，绝对没有这种香醇的滋味儿。

每次享受完这道浓酽的美食，我会再求来一壶大红袍去去油腻。茶气鲜润质朴、入口回甘，那种满足感，是实实在在触手可及的幸福。石阿姨知道我这嗜好，常常在吃饭接近尾声时已准备好茶具。

我也曾尝试在家自制这道佳肴，老太太电话遥控每一步程序，但出来的味道就是不同，我便就此放弃，心里想的是：馋了随时可以吃到正宗的。

然而我这美梦没能做多久，两年前石阿姨罹患重病，那年春节是她第一次没有张罗饭菜，依赖了她大半生的一家人都没有心情做年夜饭，便去餐厅预定了送来。她拖着化疗后虚弱的身体坐在桌边，戴了一顶绒线帽，依旧笑盈盈地看着我说：“等我好了，明年过年给你做酸菜白肉啊！”

我终于没有等到石阿姨兑现她的承诺，她弥留之际神志时而清醒时而糊涂，我去医院，她认出我便会大声说：“邓立你来啦，快坐，柜子下面第二个抽屉里有你爱喝的大红袍，自己泡……”

我会在这样的瞬间涕泗滂沱。她连自己在哪里都不知道，却记得我爱喝哪种茶。对我这样从小缺少妈妈照拂的人来说，她满足了我对于一个完美母亲的所有向往。可惜的是，我们相遇得这么迟，分开得又这么急。

石阿姨走后我没有再碰过酸菜白肉，一段时间里听到“大红袍”三个字也会泪如雨下。而我并不是她的孩子，也无从向人解释为何会有这么深的情感。现在想来，这种没有血缘关系的亲情，全是日常生活中的点点滴滴聚沙成塔，正如宇铃书中描绘的“日尝时光”，一天一天并不惊艳，却是真诚的相互陪伴的日子，渐渐的，走了心。

自序

好好吃饭，就有力量

说起来惭愧，一直以来我都是个茶来张口饭来伸手的人。但这不能怪我，在我这个年纪的台湾女孩，生长在那时的社会里，自然而然的从小到大，就没有被期许成为一个料理达人。吃完饭，得赶快去念书，印象中在我成长的过程里，我总是口都还没有张，妈妈就早把饭菜做好摆在面前了，完全没有讨价还价的余地，更不用说想要学习这饭菜的做法。从来，我就和厨艺达人沾不上边。一个厨房容不下两个女人，所以在离家前，厨房是妈妈的天下，计算机和书本则成为我的王国。

二〇〇七年，我离开台北前往北京工作，那是我第一次离家。在一个陌生的城市里生活，“吃”居然成为最大的问题。不知道去哪儿吃，不知道什么能吃，想试试当地好吃的，却又得承担口味太油或太咸的风险。工作太辛苦，日子太寂寞，约朋友一起吃饭，吐吐异乡工作的苦水或交换从台湾悄悄带来的各种食材，成为我们精神上唯一的寄托。我开始意识到，“吃饭”这件在台湾被视为理所当然的事，对我来说竟占有如此重要的角色。即便如此，当时的我，仍是名饕客，不是名爱做菜的人。

二〇〇八年的夏天，我的人生改变了。那年夏天，《海角七号》在南台湾垦丁吹起了浪漫的纯情，“同一个世界，同一个梦想”的奥运热潮把北京烧得沸沸扬扬。那是个全世界都很热闹欢愉的夏天，而我却意外地跌入人生的谷底。“嘿！我很低潮啊！”当我每天都在这样对着世界大喊的同时，当我以为全世界都成了黑暗时，我却惊讶地发现，这个世界依然在运转着。人们还是得赶着去上班，电影院还继续热闹，而餐厅前，还是大排长龙。原来，一个人的低潮，并不会为这个世界带来太大的改变，日子终究还是得过下去。这么如此简单的道理，对我却是个重大的发现。失落和低潮并不会改变什么，肚子饿了，还是得吃饭。于是每一天，每一天，想好好吃顿饭，居然成为生活里唯一的重心。

再多情感上的悲伤，再多人生上的挫折，先好好吃顿饭再说吧。我就是抱着这样的心情，在某天翻出了一直放在书架上却没有打开过的食谱，拿起了菜刀和锅铲，买菜，切菜，煮饭，盛盘；刀和一刀，一道和一道，找回了失去的生活节奏，也找回了自己内在的安定。在那些日子里，只是单纯地想把在外头吃不到、又十分想念的味道复制出来，不断反复试验怎样才能更好吃，不断问朋友们还想吃些什么特别的，日子一天一天地过去，身边多了一堆一堆可爱的朋友，逼得我挑战一道一道的新菜品，不知不觉，“去安妮家吃饭”居然成为一件令大家振奋的事。

转眼间，这样的日子过了六年。我的餐桌上则聚集了各式各样的朋友——一天到晚失恋的，一天到晚有新恋情的，对工作犹豫不决的，有婆媳问题的，努力追求梦想没时间吃饭的，搞笑过日子的，陷在痛苦婚姻里的，总是出国带特别食材给我的，当然，还有纯粹只是爱吃的……这样一堆可爱可恨的好朋友来到我家按电铃，我为他们做菜，他们对我吐露心事。听起来这过程好像心理治疗，而我却在他们身上学到更多更宝贵的东西。他们每个人都在面对不同的挫折，每个人都在用自己的方法勇敢地生活着，没有谁比谁不幸，也没有谁比谁幸运。一起好好吃顿饭，吃完抹抹嘴巴，继续回到各自的生活，微笑地过明天的日子。就是在这样的餐桌上，我们吃着一道一道我学会的新菜品，聊着五花八门的问题，让我渐渐了解到，人生其实很公平，重点是你怎么去体会，并且珍惜这样的公平。

也因为这样，我更是认为，无论如何都该偶尔为自己好好做一顿饭，花点时间、花点力气在自己身上。做菜并不是一件很难的事，只要有一个想为自己和朋友下厨的心情，用心掌握一些技巧，就会发现，这个过程比结果来得更有趣。我不是一个专业的厨师，只是一个平凡的上班族，在这本书里我想记录下在我餐桌上发生的那些可爱的故事——爱情，死党，回忆，亲情，工作，年龄……我相信它们对任何人来说，都是每天会发生在身边的平凡故事。平凡，却动人。就像这本书里的料理一样，它们并不是什么我独自研发的厉害菜品，只是我能为朋友做出的简单菜肴，它们本身也许并不完美，却包含了我深厚的情感。重点不是食谱本身，而是吃饭做菜背后，那些平凡却深刻的日常生活。

再怎么辛苦，再怎么忙，即使没有心情，即使厨房没有足够的空间，都得好好地替自己做一顿饭，然后邀请几个好朋友，一起度过餐桌上宝贵的时光。是餐桌上的人们和餐桌上的故事，让食物本身更好吃。对我来说，日子里好好努力生活的力量，就是这么来的。

我希望，通过这本书，你也能体会到这样的心情，在日常生活中，找到简单的力量。

目录 CONTENTS

One

▼
就算徒劳无功
又怎样?

“拜托，教我做炖饭……”

许久不见，这小子连招呼都没打，一般的嘘寒问暖都省了，就立刻来这一记。我盯着他看了三秒，凭我们那种吵吵闹闹的交情，就立刻明白发生了什么事。

“我才不要！”

“拜托啦……”

“不要！”

“哎哟，我请你喝酒……”

“走开！”

这小子，我们认识有十几年了。据说从我进公司的第一天开始，他就千方百计地帮他的哥儿们花心思来追求我。之后果然如他所愿，也不知为什么我和他及一群好友，就这么结下了“还债给他”的缘分。有人说，夫妻之间就是相互欠债；而我却要说生命中有些朋友，就是上辈子你欠他的。

他讲义气、浪漫、天真、善良，帅气阳光的外表下，还蕴藏着令人赞赏的才气。当然，凡事都有一体的两面。天真的另一面就是无可救药的孩子气，浪漫的另一面就是永远不会守时，而义气的另一面就是——意气用事。

认识他的这些年来，我们这群好友不知为他生过多少回气，吵了多少次架。也不知道我们究竟花了多少时间，对那些公司女实习生们谆谆教诲，这个外表帅气的男人其实心理年龄只有六岁，快点回头才是；也不知道有几百次，我们所有人都等他一个小时，气得说好不要再跟他讲话，却又被他挠头说“不好意思”时阳光的笑容打败而纷纷投降。有几次我们一起相约旅行，他坚持非得要跟我睡一间（我是女生，他是男生呀），而他洗澡时我还得守在门外持续不停地和他讲话，唯一的原因就是他怕鬼，真的很怕。每当他喜欢上一个女生时，就是我们集体灾难的开始。我们必须帮他精心规划各种桥段让对方倾心，不仅奉献集体智慧，还得奉献集体劳力。一旦追到手后，他则理所当然的消失不见。如果没追到手，更惨，我们得花上一天二十四小时的时间对他进行心理辅导，再祭出各种东山再起的励志故事，并将他那些浪漫的高中生级别的追女生手法合理化。

所以不用想也知道，这次他喜欢的女孩儿，必定十分喜欢吃意式炖饭，否则这个从来不下厨的大男生，怎么会突然下决心学习厨艺？

他就是这样，常令人气得牙痒痒。我们这群人事后常常聚在一起，每个人轮流说出自己的受害故事，给彼此加油打气，赌气我们为什么要有这样令人发指、却又无法丢下不管的朋友，我们将这称之为团体心理治疗。每次治疗过后，我们约好不再理他，隔天又会有人不由自主地陪他喝酒买醉……

这小子天生有一种本事，就是不管他说了或做了什么，你永远都不会不理他，也绝不会丢下他不管。其实我明白，也许我们这群朋友不是气他有多幼稚、多会给人添麻烦，而是在他身上，我们看见了自己没有的勇气，想起了自己想做却早已失去动力做的天真烂漫的事。那些我们认为徒劳无功的事，却是他坚持的信仰并为之付诸努力。我们生气的，是自己在愈来愈世故的同时，失去了他那种“就算徒劳无功又

怎样”的傻劲儿。

我们气的其实是自己。不是吗？

每个人都该珍惜生命里这样的朋友。当我们二十岁青春无敌时，一起为了迟到的事吵吵闹闹；当我们三十岁意气风发时，也为了迟到的事吵吵闹闹；然后当我们即将迈入四十岁中年危机时，想当然的还是为了每次约会他又迟到的事吵吵闹闹；接着到我们五十岁鬓角发白时，六十岁、七十岁时……一群人还是能为了同样简单的事率真地吵闹。这是一件难能可贵的如此幸福的事。

身边有这样一群朋友，不管怎样都不会丢下你，说起来老套，你却不能视之为理所当然。

多年前的那个夏天，是我人生的最低潮。我失去了一个珍爱且重要的人，而对他们来说，也失去了一个挚爱的好友。那是我们都还三十出头、正要意气风发的时候，却突然要手忙脚乱地一起面对人生最悲伤的课题。没有人知道该怎么做，当然也没有人知道该怎么彼此安慰，因为每个人私下受伤的心都需要安慰。记得当时这小子一见我，还是露出他一贯擅长的阳光式微笑，当然这次嘴角上加了深深的痛楚，虽然他想要极力隐藏。一米八几高大的身材给了我一个沉默却又温暖的拥抱，也给了我深深的安心。记得那个阳光高照的夏日，虽然我们每个人内心极痛，却忍不住为一些芝麻绿豆般的小事又开始吵吵闹闹。这小子还是一如既往地成为大家抱怨的焦点，那是我一辈子都会记得的画面。就是这样的朋友，当你回想在一起时的画面里有阳光的温度，你就知道这辈子再也甩不掉他们。

五年后的这个夏天，我们又都老成了一些，人生也即将进入四十岁的中年危机。我们的工作职位愈来愈高，能去的餐厅酒吧愈来愈高档，内心的困扰却从年轻时怎么向老板证明自己、怎么找到好对象、怎么筹钱买第一部车，变成开始担心退化的膝关节、飞蚊症、父母的养老、小孩的教育和房贷。然而困扰这小子的，居然还是怎么做一锅意式炖饭来得到女孩儿的欢心。真是太不公平了！为什么他可以不要长大？为什么他可以还是一如既往地保持纯真？为什么他还是能为简单的事感到幸福？为什么他还是能够一直坚持做徒劳无功的事？我真的，好羡慕他。

好吧，我就是这样。嘴上说着我才不要再理他，却又默

默地想把意式炖饭的食谱抄给他，真心希望他抱得美人归后少来烦我。电影《那些年我们一起追的女孩》里有句台词：人生，本来就有很多徒劳无功的事。真的，勇敢向前冲吧！别担心，我永远都会做你的后盾。然后到我们五十岁时，再来笑话你当时有多傻！

绝对不会徒劳无功的牛肝菌意式炖饭

人生当然会有很多徒劳无功的事，然而做菜这件事，对我来说却反其道，很少会有失手的时候。做菜是有规则步骤可循的事，加上不断地练习修正，所谓勤能补拙，一定能做出好吃的菜。剩下的，就是用你想为对方做菜的心，来多加点不同的温度。

炖饭的重点是要有一个导热均匀保温性良好的炖锅。我一般有纹路干的牛肝菌，泡发用的水可以当成炖饭用的高汤。但如果真没有牛肝菌，一般的蘑菇也行，只是会少一点香气。锅底倒入些许橄榄油后加洋葱以小火翻炒，再加入牛肝菌翻炒，这个时候牛肝菌和洋葱的香气会从锅里冒出来，甚是好闻。然后我们再加入意大利米搅拌翻炒，接下来就是爱心耐心用心呵护的时刻。循序加入方才泡牛肝菌的水，分次加入，搅拌，并再次加入水，以小火焖煮，每隔几分钟再倒入一点鸡高汤，并且要充分搅拌，注意不要黏锅，这个动作要做到米饭焖熟为止。

最后倒入一杯白酒，盖锅，熄火。依个人口味浓淡的喜好加入帕玛森吉士。装盘后再洒上一点切碎的西芹，完工！

Two

▼

今天不谈梦想

小英带着一只狗
走过大街越过村落
小英急着要回家
不管山高谷深路颠簸
不怕风吹雨打行程远
一刻不停留
小英急着要回家
勇往向前走

当妮可向我求救说“哎！我好累”的时候，我就知道，又到了我该出动的时候了。虽然哭丧着脸的她令人十分同情，但我脑中的搞笑机制立刻打开，联想到《小英的故事》又要上演啰。《小英的故事》是我小时候最爱看的卡通片。

妮可是我的好朋友，我们差不多在同一时间进入了同一家广告公司。如果你在一个行业待了很久，几乎就能把自己的职业生涯看成一段求学历程。从幼儿园开始，一路从小学、中学到大学，有幸的话甚至还可以攻读到研究生、博士后。而在求学的每一个阶段，你会有一些玩伴和同学，一起和你经历只有那个阶段才有的，共同的快乐和辛苦，最后大家各自毕了业又各奔前程。妮可对我来说，就像是小学同学一般（并不是因为她真的长得很娇小依人），当我们在公司里都还是位居“小马铃薯”的时候，妮可就是坐在我隔壁、每天上学和我打打闹闹的那个调皮女生。

念书的时候，班上总会有些女生特别吸引你的注意，让你默默地崇拜。妮可对我来说就是那样的女生。妮可和我是性格完全不同的两种女生，她就像太阳一样总是活力四射蹦蹦跳跳，我则像月亮一般内向安静地躲在角落（至少当时是啦）。我喜欢在公司各种不同的场合偷偷观察她，只要妮可在场的时候，周围的人总会乐不可支。不管是男生还是女生，她都能称兄道弟。妙语连珠、幽默十足的妮可，走到哪里都是人群的焦点。我就这样暗自崇拜她无限的精力，以及她大方坦然的幽默感，这女生简直是太可爱了，如果要在班上分配角色，她一定是我们部门“谐星组”的组长。那时每天上班看到妮可，都会觉得很开心，一两分钟的聊天常常让

我们彼此笑到肚子痛，然后继续埋首高压的广告工作。“人生中有妮可，就有欢笑。”我单纯地觉得她这样的笑容背后，有着和我们一样天真的无忧无虑的心。

某一天，公司老板突然把我叫过去指派一个任务，要我放下手边的工作，去接妮可手上的工作。什么？妮可要“毕业”了吗？她带着一如往常轻松的模样说：“哎哟，没有啦！我要去德国学画画。”

学画？当时，真是跌破了我们所有人的眼镜。让人大跌眼镜的原因，并不是我们不相信一个上班族能放下前途似锦的工作留学深造，而是身为业务部的妮可，做了一件被认为是只有创意部的人才会去做的事，简直太惊奇了。

在这里顺带说明一下广告公司的职能分配。广告公司的基本构成分为三大系统：业务部，创意部，策略部。

创意部的工作就是想出很多酷炫的点子，这些人都是艺术家，负责文案的人写出让人记忆深刻的广告标语，负责美术的人把图像构成美美的画面（听起来好酷）；策略部的工作就是挖掘消费者心理，精准地写出传播策略，这些人都是思考家（听起来好酷）；然而业务部的工作是什么呢？专长又是什么呢？其实就是上述二者不想做的事通通都要我们来做，基本上我们被定位成身穿西装、口吐莲花、插科打诨的人（听起来好逊）。

当时，我们业务部流传着一个笑话。每天加班到深夜被爸妈质问到底我们都在忙什么。

“你画图吗？”“嗯不是，那是美术的工作。”

“噢，那你写字吗？”“不是啊，那是文案的工作。”

“噢，那计划总是你写的吧？”“爸，我们公司有做策略的，专门写计划。”

“好吧，那你是跟客户谈合约？”“没有啊，那是我老板做的。”

“那你每天到底在忙什么？”“呃……打电话，还有帮大家订便当。”

对的，因为太难向大家解释我们每天究竟在做什么，所以身为业务部的我们，早就培养了一种自嘲自解的能力。当我们谐星组的组长妮可要叛逃去德国变成高尚的艺术家时，怎么说都不像是我们这群凡夫俗子所能理解的！

虽然嘴上这么说，可我对妮可发自心底的崇拜又加深了。单纯的我只是觉得妮可这么做真是蛮“酷”的。当时的我从大学研究所科班毕业，顺理成章地进入广告业，理所当然地觉得工作规划就是进入一家大公司力争上游。所以，对于工作一半放弃光明的前途而半路出家，跑去学习一个未知领域这种事，我并不能体会其间究竟需要什么样的决心和勇气。

多年以后我才理解，这个外表看似一派轻松的女孩，其实正在做一件很严肃的事。那需要勇气、执着与体力。我们搞笑谐星组的组长其实一点都不搞笑，她比我们任何人都值得尊敬。

而这一切，是我在多年后一个偶然的场合里，瞬间体会到的。

二〇一二年的上海，中国TED女性论坛上，满是来自世界各地的女性创业家。我坐在观众席上，听着我的好友讲述她这一路而来的创作历程。

妮可离开台北将近七年，这段期间，她曾短暂地进入上海外商广告公司，接着毅然决然地离开这个看似璀璨的行业，专心低调地从事陶艺创作。这些日子以来，她用双手一点一滴地学习，逐步确立了属于自己的创作风格。二〇一一年她终于成立了自己的品牌 Brut Cake。

七年的时间，她从不曾改变自己的志向。她搜集整个上海所剩无几的古朴蓝染布料以及古董沙发座，经她的巧手创造，一张张有着不同表情和生命力的椅子浴火重生。当我们一群朋友聚在一起，彼此展示的是手机里最近去过的餐厅和旅行的风景时，妮可展示给我们的，则是她坐在一堆布卷上开心骄傲的笑容。她当时把全上海的古布通通买下，用拖车运到了工作室。妮可的作品就像她本人一样，充满了童真幽默又大方坦率，看着看着，总让人感到开心又温暖。

台上的妮可眼中闪着兴奋的光芒，我仿佛又见到了小学同班时我们的谐星组组长，通过自身天然散发的个人魅力，抓住现场观众惊叹崇拜的眼神。而我则一如既往地默默地看着她，知晓这些让人开心的作品背后，是一次一次辛苦地布料裁剪，是一次一次等待陶器出窑的压力。在台上发光的妮可，观众们看见的是有着戏剧化经历而蜕变自己的梦想家；我看到的，则是一位咬着牙脚踏实前进的令人尊敬的苦行僧。

搞笑谐星，其实一点也不搞笑。

妮可的 Brut Cake 工作室和我的办公室只有一街之隔。上海的长乐路汇聚了许多大型外商传播公司的高级办公大楼，光鲜亮丽的大楼里是白领们的一级战区。长乐路转个弯是静谧的安福路，老式的上海洋房里是几家小小的个人工作室，承载着一个又一个的创作梦想。我们各自毕业的两个人，总是在这两条完全不同，却又近在咫尺的街道上不期而遇。

记得某个冬天的早晨，我提着计算机和公文包、穿着高跟鞋进入一级战区赶早晨十点的会议。当我下了出租车，和骑自行车准备去工作室赶年度展览的妮可撞了个正着。五度的低温，因熬夜赶工的妮可脸上还有刚睡醒的压痕，坐在自行车上背着大小工具，穿着工作靴停在我面前。

“早安！”妮可用一贯高八度的音调和我打招呼，“哎哟，我累坏了啦！”疲惫但童趣的脸蛋上，仍然挂着一丝幽默的阳光笑容。因为天冷，她搓着因骑自行车而受冻的双手哈气取暖，我在她的手上见到了拉陶时留下的痕迹。“没关系，明天到我家，我做饭给你吃。”“好啊！那拜拜啰！我去赶工了！”她就像是熬夜背单字考了一百分的小朋友，作为奖赏被领进麦当劳，闪着发光的眼睛，给了我一个开心的充满期待的大大的笑容。我们两分钟的短暂交谈后，各自走向彼此的道路。

艺术家继续创作，广告人继续世俗。看着她奋力踩自行车的背影渐渐消失在街道上，我又变成小时候在班上默默崇拜她的那个女孩。我崇拜她拥有离开舒适生活的决心，以及在人生分岔路口上选择离开安全道路的勇气，这些都是我所没有的。看着她的背影，我脑中又好笑地想起了《小英的故事》，那个拖着小车、带着小狗的女孩，凭借过人的毅力和智慧寻找爷爷的故事。那时，我自己暗下一个决心，一定得为她做些什么。

后来我实践诺言，给这个每天埋首创作的苦行僧，好好地做了一回饭，让她享受到了久违的奢华。

像这样的时刻，我总会想起小时候卡通片里，主角坐在火堆旁大口咬着鸡腿，一口吞下只剩骨头、吃得津津有味的画面。那时，我小小的脑袋里觉得全世界最棒的美食，就是卡通片里那种深咖啡色的圆形面包，从中间凹陷处掰开时还冒着热气；还有就是一锅表面上漂浮好多料的棕色热汤，尽管不知其名；再有就是大块的热腾腾的肉，从骨头上一口撕下不忘舔舔手指。这就是我小时候梦想的“卡通米其林料理”。所以，当妮可说好累的时候，我就想要让她一边拿着肉大口啃咬，一边吃着面包就着热汤，吃饱之后，满足地搓搓肚皮舔舔手指。然后我会拍拍她的肩膀说：“好的，小英，吃饱了，快上路赶工吧！”

当我从烤箱里拿出放着香料、裹着坚果、烤得刺啦作响的羊小排时，整间屋子瞬间香味扑鼻，我们像极了卡通片里饿坏了的主角们，开心得手舞足蹈。妮可拿着烤羊排满足地大口咬下，脸上又浮现出谐星组组长那般夸张而满足的表情。接着，她谈起将在二〇一四年上海双年展中展出的作品，我则恭喜她终于完成进驻上海数一数二的大型展览的梦想。

一口一口咬着羊排的妮可，认真而坚定地对我说，自己从来没有认为这是一个“梦想”。她只是在人生遇到选择题时，忠于自己做出的选择，然后一心一意地去执行。当初，一路成为广告公司的高级主管，或是去国外学习自己真正有兴趣的艺术，不过就是A和B的选择；后来搬到上海，继续回到老本行享受高薪，还是忠于本心从事创作成立自己的品牌，也是A和B的选择。她的脑中，从来没有“梦想”两个字，有的只是执行。大部分的时候，我们都把梦想浪漫化了。一旦梦想被伟大化，它就永远成为一个遥不可及的目标。妮可追寻的不是一个终点，而是一个现在进行式。这些年来，她就是在不断地做，不断地实践，有一天她突然发现，自己好像已经成了十年前她想要的样子。

我看着这个坐在我餐桌对面的女孩；这个左手拿着羊排，右手舀着热汤，还一边催促我快点拿吃的来的女孩；这个在清晨穿着工作服骑着单车，在高级办公大楼前搓着手和我打招呼的女孩；这个曾经放弃光鲜亮丽的广告人生涯、为大家所疑惑并最终向大家证明自己的女孩，她的双眼虽然疲惫，却泛着我们所没有的坚定的光芒。谁能不佩服她，不想好好地给她加油打气呢?

所以，加油小英。吃完羊排，快点上路吧!

妮可的香料羊小排

羊排是一个两极化的东西。有些人特别喜欢羊肉的香气，有些人却特别排斥羊肉的膻味。我很享受吃羊小排时的感觉，羊排处理得宜不会有膻味，用手拿起烤得外酥里嫩的羊肉，有一种扎实豪放的感觉。我喜欢先不切羊排，而是整副一起处理，盛盘时再切，如此一来可以控制肉不至于过焦，还能和客人一起享受切开时香味扑鼻的惊喜感。但如果只是处理两三块羊小排，一块一块来做也是可以的，依个人喜好。

将羊排抹上盐、胡椒、香料（百里香及迷迭香）加上橄榄油，腌制至少二十分钟。这时候可以让你的烤箱先以二百二十度预热二十分钟。如果喜欢坚果口味的人，可以把各种坚果（核桃、杏仁、松子、开心果等）用食物处理机打碎或手工敲碎备用。裹上坚果的羊排烤出来会有坚果的香气，并稍稍降低了膻味，但如果你偏好原味口感，这个步骤可以省略。

平底锅加热，用中大火将腌好的羊排，用橄榄油煎至表面呈金黄色后取出。在羊排表面涂上黄芥末，蘸上碎坚果放进烤箱烤，二十分钟后取出。不喜欢坚果的人，可以在羊排上铺上一层碎香料烤制。取出羊排，放在室温下大约十分钟，使其收汁收紧，之后切片、盛盘，完成。享受大口吃肉的快感吧！

Three

▼
奔跑吧！
我们的第二人生

天空好蓝好蓝。两天前还担心吹来的台风，今早却奇迹般地消失了。台风走了，反倒留下了徐徐的秋风，吹在快要变红的枫树上，吹在清晨大阪城运河的波光上，吹动棒球帽下的发丝，吹得脖子有点痒。

这是大阪的秋天。早上八点多，十五万名跑者集中在起跑线前，虽然距离鸣枪起跑还有将近一个小时，但是空气中早已弥漫着一股兴奋昂扬的气息。两架鹅黄色的直升机在天空盘旋，所有人兴奋地抬着头向空中挥手。尽管知道这样的空拍，一定拍不到挥着手的如蚂蚁般的我们，所有人还是像小学生一样任性地向天空击掌。因为和同来的好友们拿着不同的号码牌，我们必须分散起跑。我一个人站在这样的起跑线前等待，仿佛有种《菊次郎的夏天》里的写实又幽默的日本电影美感。兴奋却守规矩，嘈杂却和谐；连跑马拉松都要穿戴有型的日本人，一边嬉笑，一边做着暖身运动，安静地等待起跑。

时间愈接近九点，空气中的兴奋感愈强烈。广播中开始播放我听不太懂的日文，应该是在说“时间还没到，请大家再多等一下”。有人在做伸展，有人在扭转脚踝，有人在设定 iPod 的音乐，有人在调整穿着。我看着周围那些在阳光下发亮的跑者，突然觉得我们很像一匹匹被挡在栅栏前等待起跑的美丽战马。在阳光下，我们原地踏着马蹄，迫不及待地想让人们看看我们起跑的英姿。不知道是因为天气太好的缘故，还是感觉到自己被拍进日本电影中那种不真实的突兀感，也有点不明白我为什么会站在大阪城公园参加马拉松（而不是在巴厘岛海滩买醉或在东京表参道喝下午茶），让我有种止不住想要开怀大笑的冲动。

三个月前，好友爱咪和德瑞克的一句“我们去大阪跑马拉松”，让原本这超现实的念头变成现实了。虽然我只敢报8.8公里的 Challenge Run，但此时此刻，我正和十五万人站在一起，不分男女，不分年龄；有视障的，也有行动不便的；不管跑的是全程马拉松，还是轻松跑；不管是全副武装或者搞笑变装，所有人脸上泛的光芒和微笑都是一样。看到这一幕，我真的从心底开心，庆幸自己能够站在这里。

开始跑步的那一年，我三十七岁。“遇到不开心的事，就去跑步吧！”不知道为什么，有一天起床，我突然对自己这么说，然后我就开始了跑步。

我从来不是一个喜爱跑步的人，别说是跑步了，小时候上体育课我是第一个躲在树下装病的。对于跑步这件事的接触，也仅限于多年前替某运动品牌做广告的那段时间。那时我们花了很多时间研究跑者。相对于其他运动员，跑者是最无法令人理解的一群人。他们内敛，他们不善于言词；他们不爱竞争，他们喜好孤独。我当时只觉得这些跑者，真的是一群相当无趣的人。那时的我还年轻，喜欢刺激多于耐力，喜欢群体多于孤独。

多年后的某一天午后，上海洒着橘子色的阳光，我却坐在房里感受着些许的沉闷。“遇到不开心的事，就去跑步吧！”脑中突然想起了这句话。于是我穿上仅有的一双跑鞋，出门追逐快要下山的太阳。打开 iPod，呼吸配合着音乐，左脚，右脚，吸气，吸气，吐气。为了听完一首歌，多跑五分钟吧。这首歌从没听过，再听一次吧。不知道下一首歌是什么，要不再多跑一下吧……我就这么继续开始跑了，好像只要一心一意地向前跑，烦恼就会毫无眷恋地在你身后溜走。

我先声明，我真的跑得很烂。一开始连2公里跑都会气喘如牛。这一年来我以十分缓慢的速度前进，2公里，3公里，4公里……去年十二月的上海马拉松，我最多只能跑5公里。然而今天此时此刻我站在这里，身上别着编号86086 的号码牌，鞋底放着芯片，很高兴自己比去年多进步了一点点，今天要跑8.8公里。跑步这件事的美妙之处，就是你投入了多少的努力，身体就会回报你同样的报酬，不多也不少。仔细想，这是再划算不过的零风险买卖。我们在工作上，在人际关系上，在爱情上都承担着各种风险。你知道你投入的和得到的，有时无法完全对等。但跑步这件事，你多练习三十分钟，下次就能再多跑0.5公里。不多也不少。也许是这种踏实感，让我在跑步的过程中，享受到了很安心的感觉。

鸣枪了，在一阵欢呼后，十五万人陆续地踩着轻快的步伐向前移动。左脚，右脚，左脚……然后我开始东张西望，因为现场气氛实在太欢乐了，导致我根本无法专心跑步。大阪市区干净的街道两旁，加油欢呼的日本居民，友善地摇着旗拍着手。羞赧的青春少女挥舞写有“泽田君加油”的旗子；脸上红通通的五岁小男孩，鼓着脸用尽全身力气大喊

“我最喜欢爸爸，爸爸加油”；还有一群上班族，拉着写有“××部长完走必胜”的手绘海报；接下来是大阪市警政厅乐队的现场演奏，以及日本高中生拉拉队的青春舞蹈。啊！我也好想有人替我加油！正当这么想着，我赫然看到一群华侨挥舞着旗帜，兴奋之余也顾不得违反跑步礼仪，停下来拿着手机拍照！跑出没多久，遇见一群准备出门买菜的老太太，我和她们四目相交。虽然彼此从不认识，但她们还是十分慈祥和蔼地点着头、用日文跟我说“好好加油噢”。这么简单的一句话，带给我无比的力量，突然间，我好想开心大笑，跑步真的是一件很美好的事！

我的欢乐情绪在过了4公里后急转直下。虽然两旁友善的加油人群仍然持续不断，但因为先前太过兴奋，没有专心调整节奏和呼吸，再加上中途我非常地不争气，误判了局势跑去上了厕所（好丢脸），导致再回到跑道上时，发现自己落后了人群一大段。慌张之余只能快点收起之前参加游园会的心情，认真地赶路。呼吸渐渐急促，大腿隐约传来一股酸痛，被汗水浸湿了的耳机，还在播放着音乐。左脚，右脚，左脚，吸气，吸气，吐气，虽然有点吃力，我慢慢地调整好了步调。当专心放在跑步本身时，两旁的加油人群突然变成了静音模式。因为落后了人群而跑道空了下来，这一段路上

只有我自己。霎时间我觉得自己变成了全场主角，两旁的人群好像一直等待在那里，只为了我跑过的那一瞬间为我加油。收起了慌张心情的我，突然又有一种想要大笑的冲动，现在的我就好像是跑在自己的星光大道上一样。跑步，一直不就是一个人的事吗？在自己的跑道，用自己的配乐，有自己的观众，和自己比赛。

跑步的时候，我有时会想很多事，大事小事到再无聊不过的芝麻绿豆点大的事都有；有时则什么都不想，让大脑一片空白。我常幻想如果有人能进入跑者脑中，把跑步时脑海的片段想法调出来，编成一部电影，它一定会是部荒腔走板、光怪陆离却又不失蒙太奇美感的电影。当时的我，脑中闪过的片段是这样的：

哎哟，快要跑不完了怎么办；

咦，前面那个女生的马尾有点歪了；

啊，现在放的这首歌还不错，谢谢那个谁介绍我听；

啊，我好像还欠那个谁多少钱；

嗯，下星期回到上海还有一个 PPT 没写完；

糟糕！核心，核心，注意呼吸；

啊，跑到商店街了，好像有人在煮咖喱饭，肚子好饿；

等一下要吃什么；

不知爱咪跑完了没，德瑞克跑了多久；

对了这个月的水电费好像还没缴；

等一下要吃什么啦；

不知道爸妈起床了没；

右前方那个人背影好像财务部的谁；

好，我决定了等一下我要大口吃肉，对，我要吃牛排；

还是来吃汉堡排，对！汉堡排！就是上面插着小旗子的那种！

就这样在6.5公里的时候，日式汉堡排飞进了我的脑中。我不断思考着为什么突然这么想吃日式汉堡排。随着呼吸，跑着跑着，思绪回到了小时候，那时台北家家户户时兴安装非法有线电视，只为了能看到日本的卡通片和综艺节目。我的大部分青春时光就是在小叮当、志村健和樱桃小丸子中度过的。我清楚地记得卡通片里的妈妈对着放学回家的小朋友说："快去洗手，我们今天吃Ham-ba-gu哟！"然后小朋友就会"哇"的一声欢呼着跑去洗手，准备吃香喷喷热腾腾的汉堡排。就是配上白饭，淋上酱汁，旁边还有小番茄的那种，而且，汉堡排上一定要插着小旗子。当时的我没有吃过日式汉堡排，几十年后跑在日本的街道上，突如其来的思绪，让我将儿时看到的食物片段，从记忆深处回放出来。汉堡排是给小朋友的奖赏，是认真努力做完功课后才能吃到的好东西，是妈妈插着小旗子给小朋友加油打气的元气料理！汉堡排，是我坚持到终点线的奖赏啊！

汉堡排上的小旗子就这么一路为我呐喊、挥舞，我进入了最后1公里。这时候我的iPod恰巧播放五月天的《第二人生》，多么贴切的歌曲！（有时候，我觉得跑步时随机播放的歌曲，根本就是冥冥中上天给你的旨意。）在一两年前，我懒得运动，意志软弱，常陷入不安和自我怀疑。而现在，我跑在大阪的街道上，开心、坚定、微笑地向前跑，过去的种种向两边的行道树般，一段接一段的抛在身后。不知不觉，我已渐渐培养了跑者的体质——坚定，耐力，享受孤独。

期待一趟旅程，精彩万分，你不该再等。
别到荒废青春，用尽体温，才开始悔恨。
期待一种永恒，即使伤痕，也奋不顾身，
生命还没有黄昏，下一站，你的第二人生。

五月天用歌声为我加油。到了终点线，我跑向了我的第二人生——用了8.8公里。在那里等待我的，除了有元气汉堡排上挥舞着的小旗子，还有我的好朋友爱咪、德瑞克和小琪。这些年来，我们各自经历了人生不同的挫折和低潮，也拥有相互陪伴为彼此加油打气的时光。之后一路走来，我们一起跑到了这里。虽然今天我只跑了8.8公里，但我知道我们都在各自的心里，一起跑了好多个人生的全程，一起在终点线为彼此加油，然后再一起计划下一个起点。

我就这么开始跑着，而我也会持续以龟速的进步再跑下去。对我来说，跑步已经不再是“不开心的时候去跑步”，而是“开心的时候一起来跑步”。

一起奔跑吧，我们的第二人生！

插着小旗子的元气日式蘑菇酱汉堡排

汉堡排的重点当然是肉，而肉排本身也可以有很多变化。喜欢养生的人，可以在绞肉时放入豆腐或加入姜丝，使之有一种成熟的味道。但今天我们的主题是充满元气的孩子气汉堡排，所以我决定采用传统做法。将七分的牛绞肉和三分的猪绞肉混合，加入少许胡椒和盐。接着洋葱炒至半透明，冷却后加入绞肉中。打一颗全蛋，充分搅拌。将少许牛奶倒入面包粉中，让面包粉吸收牛奶变成湿湿的。把上述的材料用手充分搅拌，混合均匀。

接着就是成形的过程。取手掌大的绞肉从右手扔到左手，反复拍打成有厚度的椭圆形。这么做的用意是要将绞肉中的空气拍打出去，从而变的黏稠，煎的时候才不会散开来。在成形后的汉堡排在中间压一下，让中间变较薄，这样比较容易熟。

接着把汉堡排放入锅中，小火煎至两面金黄移至烤箱。如果任性的而不顾体脂肪想要奢华一下的话，可以在汉堡排上撒些上比萨起司，烤十分钟，浓稠的金黄色起司便会融化渗透，那将是很棒的大元气享受。

酱汁的制作是先将蒜末和洋葱放入锅中炒香，再放入蘑菇直至炒熟。加入一杯红酒煮到开，让酒精挥发掉。依个人口味加入番茄酱、猪排酱继续搅拌。也可加入黑胡椒提味。

调好的酱汁淋在汉堡排上，旁边配上白饭。最后，插上给自己加油打气的小旗子，就大功告成啦！

Four

▼
别担心，
我们来搞定

当黄色出租车在布鲁克林大桥疯狂飞驰时，我全身紧绷，闭着眼，双手费劲地抓着车门上的手把，其中一只脚还夸张地伸直顶着前座。座椅到门把之间的距离对我这个娇小的东方女子来说，的确是有点太宽了。我脑中闪过许多的画面：亲爱的爸爸妈妈，还有各位好友们，这一次，我可能要命丧纽约了！电影里那些把纽约搞得天翻地覆的英雄和怪兽们——蝙蝠侠、蜘蛛人、哥斯拉、大金刚、复仇者联盟——你们其中谁快点出来，把我从这个疯狂不要命的纽约司机的车里救走！

出了机场，迎接我的第一人是这个淡定却又疯狂的黑人司机大哥。虽然到了纽约，但当下我觉得自己好像身在巴黎演着 *Taxi*。车子以120公里的时速在公路及市区快速地穿梭，急刹车和不要命的超车，使得三十分钟的路程，让我觉得快要命丧纽约。淡定的黑人司机从后视镜里瞄了我一眼，吓出我一身的冷汗，但我仍是故作优雅矜持地冲对方笑了一下。

"First time to New York?"黑人司机淡定地似笑非笑地问。

"No, it’s my second time."假装淡定的东方女士也似笑非笑地回答。

"All right, welcome to New York !"

上一次是大学毕业时来的纽约，当时为了去费城找在美国留学的哥哥玩，顺道在这个世界心脏之都停留了半天。那时的我还是未知世事的年纪，到了纽约就如同乡下人进了大观园，觉得什么都好玩新鲜，认真地尽了观光客的本分。我在纽约第五大道待了半天，带了一只假扮成自由女神像的邦妮兔回家。而后纽约的记忆就像所有观光纪念品一样，随着自由女兔一起被我尘封在书架的角落，再也没有拿起来过。

然而旅行的迷人之处就像是一条河流，一次又一次流过的足迹也许相同，但随着时间的改变，能冲刷的，能带走的，却是完全不同。这些旅行过的足迹，诸如眼里所见到的风景，看到的人，甚至是吃到的食物，伴随年纪的增长、经验与生活的累积，而产生的不同的体认和味道。二十年后，当自己进入三十岁的尾声，当护照上盖满世界各大城市的戳印，当自己不再是当年的背包客、穷学生，当经历过了人生的跌宕起伏，我隐约感觉到，这个城市有些什么东西在召唤着我。这不长不短的十天，将是一个不一样的旅程。

车子终于抵达苏荷区的旅馆，而我也如预想的如*Taxi*的剧情般，一开车门就吐到了不行。嗯，好吧！既然来到了纽约，我这般好莱坞式的戏剧化登场，倒也切题。

初秋的纽约，苏荷区的午后，有一种懒散的活力。这是纽约最美的季节。穿上了薄风衣走在苏荷区的街道，欣赏纽约客们悠闲的下午，阳光洒在落叶以及街道的咖啡座上，纽约客们坐在户外咖啡座上悠闲地喝着咖啡。几个街头艺术家安静地坐在角落，用不同的画风收纳他们眼中的纽约。我为自己可能也在他们的画中成为纽约的一景，感到沾沾自喜。

空气中有一种说不出来的感觉。不是温度，不是味道，也不是颜色，而是一种不一样的东西。接下来的好几天，这不一样的空气一直跟着我穿梭在这颗大苹果里，我一直试图去感受，这种不同究竟是什么。

在纽约的第一晚，因为被疯狂司机吓得一身冷汗，加上旅途的疲倦，我决定待在旅馆哪儿都不去。听从纽约朋友的建议，我选择了这家位于苏荷区的精品旅馆，据说它的酒吧在当地很出名，是时尚和前卫人士的最爱。我脑中浮现出台北东区和上海外滩那些高档酒吧，衣着时尚的男女，造型前卫的装潢，还有酷酷的 DJ 放着的电子音乐。虽然我对这类型的酒吧一向不太喜爱，但既然来了一定要去朝拜一下。

走进旅馆昏暗的二楼，映入眼帘的是一个狭长的空间，落地窗外就是纽约安静的街头。让我惊讶的是，这个小小的酒吧完全没有什么厉害的装潢。时尚却低调，音乐灯光恰到好处，就是一个比简单再多一点点的酒吧。吧台后站了三个穿着白衬衫黑背心的金发帅哥，酷酷的，话不多，手里正忙着调配各种饮料。因为是周六，小酒吧挤满了人。只身的我，坐在吧台的角落享受并观察这个所谓的“标志酒吧”。这可是纽约啊，所谓时尚型酒吧也不过如此，我心里确实是这么想的。出入酒吧的人大多是当地纽约客，穿着优雅时尚却又一派轻松，与朋友开心的大笑聊天又不让人觉得吵闹。

正当我坐在角落兴趣盎然地观看这一堆漂亮的人们，以此来享受我在纽约的第一晚时，完全没有意识到在这样的周六夜晚，一个东方女子独自坐在纽约苏荷区的吧台饮酒，会向别人传达出什么样的信息。当我回过神来时，身边已经站了一个中年男子。

“我可以坐你旁边吗？”

“当然……”

虽然我不愿意被人打扰原本独享的心情，但本着外交礼仪，还有爸爸从小教我对陌生人要有礼貌的原则，我硬是挪了一个位置让给他。这时，吧台里的帅哥酒保看了我一眼，我也尴尬地笑了一下。接下来的三十分钟简直就是我的灾难。

这位中年男子不断地（有礼貌地）对我说话，从他的家乡到他的工作，以及他的兴趣爱好，天花乱坠地说了一堆，最后还坚持要立刻带我出去游历“真正的纽约”。虽然不至于让人觉得厌恶，但的确是煞了风景。

吧台里的帅哥酒保看了我一眼，不急不慢地走过来，边忙手上的事，边请那位中年男子立即付账。不知为何，他的口气中有一种权威感。中年男子持续赖着不走，不知如何拒绝的我也只能持续地尴尬应答。酒吧里人声鼎沸，吧台里的帅哥酒保忙得不可开交。有两三次，他走过来问我“一切还好吗”。我还没到要续杯的地步，只能不断地点头说没事。随着时间一点一滴地流逝，我思索着怎样摆脱这个中年男子，又不用离开这周六夜晚美好的酒吧。好几次，那位酒保有意无意地与我四目相交。就在僵持了近一小时后，我终于决定放弃。哎！酒吧就让给你吧，大叔！我向帅哥酒保要了自己的账单，中年男子仍站在我身边不走。

手上忙个不停的酒保看着我的眼睛，淡定地说：“别担心，我们来搞定。”什么？我没听错？我问他：“你确定吗？”他仍是不急不慢酷酷地说：“是的，我确定。”也就是说，我整晚在这间高档酒吧消费都不用付钱，可以白吃白喝的意思。

走出酒吧，安静的环境和冷空气让人清醒，这时我恍然大悟。那位酒保虽然看似忙碌，招呼客人往返于吧台，但他的眼睛并没有遗忘这个吧台角落的独身女子。他看穿了我不愿被打扰的心情，然而面对另一个客人他却也不能无礼，整晚都在试图礼貌性的营救我。最后，也许是对我被打扰了一晚而感到抱歉，又或者出于保护意识，他希望我早点脱离这尴尬的场景，“酒钱这种小事”当然没关系，他们会搞定。虽然只是一件小事，我还是感受到了很大的冲击。我终于明白纽约人眼中的高档酒吧，不是装潢有多特殊，不是有多少名人聚集，不是客人中有多少帅哥辣妹。真正高档的酒吧重视的是客人的心情，用恰到好处的服务，来衬托客人。优质的，是人本身，而不是酒吧的装潢和音乐。

第一晚在酒吧的体验带给我很多思索，这个城市到底有什么不同？纽约空气中这股不一样的东西，带着我继续探险。

换上球鞋跑步，是认识一个城市最好的方法。我沿着哈德逊河慢跑，望着布满阴云的天空，感觉一场大雨即将到来。河边有推着娃娃车的妈妈，有穿着印有“NYU”字样运动服的纽约大学辣妹，有带着小孩们踢球的男保姆，还有睡在树底下的流浪汉。我总是惊讶于这些充斥在纽约各个角落的流浪汉，他们代表了这个富足社会的阴暗面，却也实实在在的与纽约的街景融为一体。从河的一端眺望远方，安静矗立的自由女神像如豆子般大小。我想，那里一定有很多观光客吧。

这种感觉很奇怪。在陌生的城市跑步的时候，别人会把你视为当地人，而你也会忘了自己其实是名观光客。所以在这个城市，我究竟是不是观光客呢？穿上跑鞋的时候我真的想不明白了。我就这么一直在纽约的街头跑着，一边看这个奇特的城市，一边试图理解空气中的不同究竟是什么。

在一个阳光的午后，我从第五十七街跑步去中央公园，一路跑向博物馆大道，偶尔停下脚步参观。大都会博物馆的馆藏，丰富到惊人，走在其间，很容易让人迷失方向。随意制的票价让穷人和富人都能自在的享受艺术。再往前跑，是前卫的古根海姆博物馆，转回头再跑向陈列现代装置艺术的惠特尼博物馆。还有我最爱的弗里克私人博物馆，其外在精巧却又慑人的建筑，道尽了一个家族的兴衰，而馆藏的那些鲜为人知的稀有作品，却又展示了一个家族的富贵。我一边跑着，一边看着这些活生生的、在纽约客生活里随手可得的艺术。除了这些古典艺术外，还有Radio City的乐团表演、林肯中心的古典及爵士乐表演、剧院区数不清的百老汇音乐……我一边跑着，一边羡慕这些纽约客。生活在一个艺术以及创作随手可得的城市，是一个什么样的感觉？

又有一晚，我前往百老汇观看当红的音乐剧《摩门之书》。没有花哨的布景，没有绚丽的舞台效果和华美的服饰，这部音乐剧却成为近一年来百老汇上演剧目中最出色的，场场座无虚席。故事讲述一群摩门教徒带着使命，前往非洲乌干达这个不毛之地传教的过程。故事内容极尽搞笑之能事，将摩门教的源起和教义以相当讽刺的言语和音乐表达出来。我挤在狭小的座位上（但门票却不便宜），跟着现场观众从头笑到尾，内心却充满不可言喻的震撼。令我震撼的，除了百老汇编剧和编曲的扎实创作和精妙创意，还有这个城市对于信仰价值的抨击或揶揄，竟有如此大的包容。这类充满脏话以及禁忌的话题，被堂而皇之地编成百老汇里最热门的音乐剧。在现场没有人抗议，没有人示威，有的只是对言论与思想自由的开放态度，和对艺术的尊重。这样的一个冲击，让我有点理解这空气中流动的不同究竟是什么。

散场后，我在纽约夜晚的街头信步。入夜后的纽约摇身一变，成为有蝙蝠侠出没的高谭市。肮脏的地铁，随处可见的乞讨者和流浪汉，暗自兜售违禁品的人，这里变成犯罪和枪支充斥的城市。纽约的黑暗面和它的光明面一样精彩。跳上出租车后没多久，来自孟加拉国的移民司机开始不断向我抱怨，他一个人养活一家五口的压力，以及纽约市政府开放大货车入市区的政策如何影响他的生计。他一边抱怨，一边认命地穿梭在这个城市，尽管抱怨连连还是不愿离开这个城市。身为观光客的好处，是你可以体验一个城市的光明面，

却又无须承担这个城市的黑暗面。然而，让人有切身活在这个城市的感觉却又少不了经历这个城市的黑暗面。我突然想起了那句话“别担心，我们来搞定”。为了与那黑暗共生，纽约人选择继续前进，观光客则是转身逃离。

在纽约的最后一天正好是中秋节，为了庆祝一下，我决定好好地吃一餐。也不知为什么，到了纽约后，我一直很想吃“纽约客牛排”。后来我查了一下，其实纽约客牛排并不是纽约特产，它只是牛身上前腰脊这个部位的肉。为什么叫纽约客牛排，有一种说法是当初由纽约的一家牛排馆开发，于是沿用了此名称；另一种说法是这种肉的形状看起来很像纽约的曼哈顿。好吧，纽约客牛排和纽约没有太大关系，但我既然下定决心，就一定要吃到纽约客牛排。

曼哈顿确实是有许多家老式的牛排馆。我一向喜欢这种完全不花哨的老牛排馆，菜单上不能有别的，就是牛排和几种简单经典的配菜。牛排要放在黑色的铁盘里刺啦作响，配菜里一定要有奶油菠菜、煎芦笋和马铃薯泥。我随意走进一家看起来比较老的牛排馆，待我在吧台坐定时，才发现这是一家看起来如华尔街商务人士的“老年”牛排馆。午休时刻，餐馆坐满了西装笔挺或窄裙套装的中年男女，他们或读着华尔街日报，或小声交谈公事，活脱美国版的《半泽直树》。身穿牛仔裤、背着相机和背包的我，坐在吧台上与周围格格不入。坐在我身旁的是一位年约六十岁的老绅士。这个曾经在商场上呼风唤雨的爱尔兰籍绅士，在餐馆的对面定做了一套西装，等取了西装便与妻子去长岛度假。在我们各自吃着纽约客牛排的同时，他和我谈着他眼中的纽约，谈着阿根廷红酒以及 U2 乐队。这一餐的纽约客牛排，我感觉到了在一个城市里，随意就能和陌生人交谈，没有人会给你评断的自在感。

纽约很大，我没有全部看完。时代广场的观光客是纽约；地铁口兜售违禁品的小贩也是纽约；在联合广场大放厥词争辩的愤青也是纽约。我吃着纽约客牛排，回想这十天经历的人、故事和景色，心里有着强烈复杂的感觉。我震撼于这座城市的自由，这座城市的黑暗，这座城市的进步，这座城市的败落，这座城市的创意，这座城市的现实。然而最令我震撼的，是包容这一切的纽约人。我终于明白了，在纽约空气中冲击着的是各种不同的思想，各种创意，各种冲突。这些东西迸发出一股不一样的气流，是真正的自由。

至于自由背后所要付出的代价，“别担心，我们来搞定”。我想，总是会有个纽约客跳出来这么说的。

原味牛排

我喜欢吃牛排，而我的牛排做法也十分的简单。并不是因为偷懒，而是我认为，没有过多的调味品和酱汁才能吃出牛排原始的香味。

牛排从冰箱拿出来后，一定要在室温下回温才可入锅。在回温的过程中，先用厨用纸巾把牛肉上多余的水分吸干，煎的时候才容易有金黄的表面。在牛排表面撒上盐和胡椒，淋上橄榄油腌十五分钟。我的习惯是先用平底锅把牛排两面煎成金黄，再放入加热好的烤箱，烤五至八分钟（依个人口味而定）。

烤好的牛排一定要先用另一个盘子搁置八分钟，把肉汁收紧再盛盘。最后我会撒上盐、胡椒，挤上一点柠檬汁，如果有人喜欢蒜味，可以在牛排表面用大蒜汁刷一下。

Five

一起吃早餐
好吗？

早餐是一件很神圣的事。应该把这个每日一早进行的神圣仪式留给自己。所以，如果要和别人分享你的早餐时光，那肯定是相当重要的人。

上次小麦和 M 到我家吃饭时，他们看起来像是一对快乐的恋人，属于在一起很久的那种。几个月后的某一天，小麦的社交空间上突然出现各种早餐的照片，之后的每一天，都是那种精心摆盘、用心配色、讲究健康、搭配阳光的幸福早餐照。当然照片中没有人。很难想象如小麦这样的大男生，居然开始早起做早餐。

后来小麦告诉我，他们其实已经分手了。五年的感情像照片里餐桌边上的光线一样，默默退去后还留下一点温度。为了让分手后还住在同一屋檐下的情人，感受到恰到好处的幸福，于是，他开始早起为她做早餐。虽然他们在一起时，他从没这么做过。

我约略懂得那样的心情。你会想给自己或情人好好做顿早餐，让对方一早醒来就有被照顾的感受。不管前一夜再怎么疲惫、再怎么荒唐、再怎么争吵，能坐在桌子前好好吃顿早餐，本身就是一个治愈身心的过程。早起的情绪总是最纯粹私密，不想去伪装，没有社交的动力，所以这样的时光就要留给最重要、最亲密的人。也许是一起过夜却又没有急着离开的情人，或者已经分手却又住在一起的前恋人，又或什么秘密都能聊却又没时间见面的闺密，以及准备一起上战场的盟友，还可能是留给你自己。

这让我想起自己刚刚进入社会的那些年。当时我们都刚进广告这个行业，身边充满这个行业的佼佼者，总有人比你优秀，英文比你好，总是能抢着第一个发言或打扮比你入时。那是一段很单纯的岁月，人生最大的梦想居然是成为美国电影中，那些一身劲装、手拿咖啡杯横越纽约曼哈顿街头的广告人。为了这个梦想，我们四个好友一起发明了一个叫做“曼哈顿早餐”的玩意儿。每当我们这几个身为公司食物链底端的小朋友，被老板电、被客户骂、加班熬夜到心灰意冷时，隔天必定约好起个大早，一起进行曼哈顿早餐。规则就是要将衣柜里最像样的衣服穿在身上，前去在台北最有美国风、墙上贴有曼哈顿街景、坐落在仁爱路上的 NY Bagel（一家早餐店）吃早餐。在曼哈顿早餐的那些时光里，我们彼此给对方加油打气，有一天，我们必定也能一身劲装手持咖啡杯，穿过纽约街头成为曼哈顿风景的一角，在这个行业闯出一片天地。当然，早餐吃完后世界还是没有改变，公司里现实残酷的打击还在等着我们，永远赶不上的 deadline（截止日），永远会出错的完稿，还有老板等在那里的教训。

如今在这个行业闯荡十年了，当年曼哈顿早餐的成员也已散居各地。但即使到了现在，每当一早就着熟悉的咖啡搭配薯饼、热狗和煎蛋时，当时吃着早餐的小小雄心壮志和温热友谊，便会带着番茄酱和胡椒的味道浮现，挺好的。早餐，真的是一件给人好多力量的事。

所以，当有人对我说“一起吃早餐好吗”的时候，我会觉得能说出这句话的人好用心，而听到这句话的我会感到好幸福，好有一种莫名的冲劲。

小麦还是每天执意而认真地早起做早餐。看着他每日思考早餐菜品的过程，有如规划年度提案一样的投入，我知道在照顾已经分手的情人的同时，他也渐渐治愈了自己。给人力量，其实也是给自己力量，每天坐在餐桌前吃早餐的同时，也让自己一点一点地朝幸福迈进。

所以别再说自己没有时间做早餐或吃早餐了。如果连这一点工夫都无法留给自己或亲密的那个人，生活岂不是太悲哀无趣了？

十分钟就能搞定的幸福早餐

我对早餐有一定的执着，当然绝对不是每日都要搞得很豪华煽情，而是坚持工作日吃简单早餐、周末吃奢华早餐的原则。但是不管哪一款，我对早餐有颜色上的洁癖，一定坚持要绿色、黄色及大地色三种配色，兼顾健康营养和视觉上的丰富感（当然如果你执意要上传网络空间炫耀的话，这种配色也是十分讨好的）。一早醒来的第一餐，能有味觉和视觉的享受不是很美好吗？

绿　色——就是要有蔬菜。水煮青菜、生菜色拉或水果。

黄　色——交给万能的鸡蛋料理吧。

大地色——主食要有杂粮、面包或饮料（咖啡或茶）。

松露蘑菇烤蛋

听起来很奢华做起来却十分简单。首先你需要一个小烤盅。如果没有，用锡箔纸包起来也可以。当然，早餐上有一个可爱的小烤盅，肯定可以让你心情变好。再来，关于松露油。这是一个十分昂贵的佐料，却十分值得投资。好的松露油会散发出淡淡的香气，滴一点在意大利面或面包上，再平凡的料理都有画龙点睛的效果！

为了给工作日的早晨争取时间，在刷牙洗脸之前你可以先将烤箱以二百二十度预热十分钟。将蘑菇或各种菇类（杏鲍菇或草菇等），切成大块。加点芦笋也是不错的组合。如果想要再多节省一点时间，你可以在前一夜切好食材，放入保鲜袋中。在烤盅的内壁涂上一层橄榄油，将切好的菇类放进烤盅内，撒上盐、胡椒及些许的香料，淋上一点橄榄油，再打上一个鸡蛋。放入烤箱，烤盘注入半杯水让烤箱产生蒸汽，可以避免烤盅过于干燥。然后以二百二十度烤个十分钟。这个时候你可以去换衣服。等梳洗完毕，早餐盅也烤好了！

在烤盅内加入几滴松露油。烤好的蘑菇本身会出许多汁水，加上橄榄油及松露油，这样的汁，非常适合用法国面包沾着吃。如果真的没有松露油也无所谓。放点新鲜的迷迭香也十分对味。

酪梨烤蛋

喜欢这道懒人式早餐纯粹是因为它的样子超级有喜感。

将酪梨对半切开，挖去中间的籽（可再多挖一点肉）腾出空间来，把蛋打进去，洒点橄榄油和盐，再随意洒上点香料。烤箱预热十分钟后把酪梨和生蛋放进去烤，大约烤十分钟，就能听见酪梨上的鸡蛋，被烤得刺啦作响。

烤好后的酪梨和蛋，总会让我想起小时候漫画里咸蛋超人的眼睛。挖一口挟着热腾腾蛋液的松软酪梨，配上香脆的土司，把咸蛋超人的超能量一口吞下，新的一天就这样开始了。

嗯，可以去上班了。

Six

▼
今天吃泡面

今天晚上，我家来了两个重要的客人。坐在我对面的是我相识十多年的好姐妹，而挨在她身旁的，是她七岁大的女儿。我的姐妹淘有很多很多称号：令人肃然起敬的事业女强人、追求者无数的气质熟女、烧着一手好菜的天才厨师、绝对挺朋友到底的义气女侠、孝顺乖巧的新时代孝女，当然还是个坚忍不拔、不管多晚下班还是会陪女儿做功课的单亲妈妈。

因为在她这个大厨面前不想自曝其短，今天晚上我决定收手，来吃技术含量特低的——火锅。是绝对不需花心思，不用在意摆盘好不好看的那种，是煮好汤再把冰箱里能水煮的东西都丢进去，配一锅白饭以及一罐快要过期的牛头牌沙茶酱的那种。

各种奇奇怪怪的火锅料在锅底滚着，我们则兴高采烈地谈着最近学了什么新菜品，从高级牛尾汤、牛肝菌的不同做法谈到如何选购上好的牛排。

小女儿说话了。“学校老师问我，妈妈最近煮什么给我吃，我都说泡面！”哈哈哈哈，我被这小女孩天外飞来的一笔逗得笑弯了腰，好姐妹却义正词严地说道：“你不知道，在我们家，吃泡面是豪华料理！每个月规定只有一天才能吃。我们会先买好，供在那儿，等时间到再虔诚地打开来煮……”

在笑的同时，却也勾起了我儿时的泡面回忆。

从小，家里就不准我吃泡面。小时候，我如果闻到别人在煮泡面，不管是满汉全席、味味A（一个泡面品牌）或肉骨茶面，煮到香气四溢时，我就会冲动地跑过去说“我要加一颗蛋”。不过一转身，眼角的余光总能瞥见妈妈那严厉的目光，似在警告我绝对不可以偷吃，我只能含泪与它们说再见。

能够正大光明吃妈妈煮的泡面，通常都是台风天气家里停电的时候。一家人一起吃泡面和零食，就着窗外呼啸的大风，颇有“避难”的浪漫感。当然，以健康来考虑，泡面实在不是一种适合人类食用的好东西。但我觉得背后更深一层的意义是，妈妈们觉得一个负责任又在意小孩健康的优良母亲，给小孩吃泡面无异于向天下人承认自己失职，是一件很丢脸的事。于是，我妈妈虽然是职业妇女，不管多晚下班她都要辛苦地赶回家，给两个嗷嗷待哺的小孩做“五菜一汤”的健康餐。（其实当时我好想说：“妈，我好想吃泡面噢！”）

因为这样的期望加诸在上一辈女性的身上，所以对于长大后的我们，泡面便成了人人心底想吃，却又绝口不提“爱你”的一种“奢华”享受。当这个七岁的小女生大声说出

“我们今晚吃泡面喽”，其背后透露的是一种像我们小时候过生日，终于盼到一年吃一次麦当劳时的喜悦和兴奋。我那位全能的好姐妹，想必一定是希望努力扮演好自己的多重角色，每一角色都要尽职尽力，即便加班劳累，即便忙到没有自己的时间，也必须做到问心无愧。

但是，当我们真的累了的时候，何尝不想偷一下懒，可不可以今晚不要在意健康，不要在意别人的评价，不要在意做的够不够好，煮上一碗泡面来吃吧！

我常心疼这样的女人。包括我自己在内，我们这些七零后的女人（女孩啦），从小就被训练的什么都必须要会，什么都必须要懂。出得了厅堂进得了厨房，必须要温良恭俭还要独立。可有些事，我们很想承认自己不懂，承认自己其实很累，承认自己也想偷懒，大声说出来，没有什么可耻的。

比如，我虽然爱好烹饪，但我承认自己对选葡萄酒和煮咖啡一窍不通。我最害怕身边的某些人，才喝了一口葡萄酒或咖啡就开始滔滔不绝地分析口感或味道，生怕别人不知道他很懂。我对葡萄酒认识浅薄，只能遵循我那贵妇好友J女士的谆谆教诲，在餐厅点酒不管怎样都要点酒单上“倒数第二便宜的酒”（原因其实就是反正我们也喝不太出来，还不失身份）。要不然我就会很大方地承认自己不懂，让对方来决定。

再比如咖啡。喝咖啡对我来说本身就是一种体验。只要有好音乐、好书，以及能一起喝咖啡的人，就值得开心。如果要较真起来，从豆子的产地、烘焙的过程，以及烹煮的方式，我真的不懂。最后，咖啡的口味是酸一点还是辛辣一点，味觉迟钝的我就是分不出来，那有什么关系，重点是那个想要来一杯咖啡的心情。我在上海曾经造访一家自称是顶级的咖啡馆，每杯咖啡要价人民币九十元，然而桌椅不舒服，装潢不对味，也没有合适的点心，只有一个滔滔不绝的服务员，事无巨细地向我介绍咖啡的产地、烘焙的方式，生怕别人不知道这九十元背后的功夫。当然，我最后也只能很不好意思地迸出一句：“呃……我不要太酸的。”

就承认吧，我不懂怎样煮咖啡，我也不会品酒。轻松一点，偷懒一点，随兴一点，有什么不好？

不知道为什么，我们这种看似“事业成功的女性”，从小便被训练出什么事都要了然于心的本能。比如说和客户开会，客户问的问题绝对不能说“不知道”，心里虽然没把握，嘴上却要说“其实这个问题我们有想过，我的看法是……”，事后回想起来，为什么当时不能坦白说“不好意思，我不知道，但我可以回去研究一下再告诉你”。我们被教导，示弱好像是一件很可耻的事。任何独立自主、慧黠过人的女性都会被人赞赏，反之，什么事都无法自己完成要依靠别人的女人，都要被说成公主病。到头来，我们都在硬撑。

懂得愈多，其实愈辛苦。我十分羡慕有些女生总可以娇嗔地说：“我不懂得煮饭！所以饭都是我老公煮的！”或者有些女性天生就有“只要一工作胃疾就会犯”的纤弱体质。其实在她们这么说的同时，我已经拿起锅铲在厨房厮杀，或搬出计算机打了二十页的 PPT ……

在国内居住的这些年，我本着什么事都要独立自主、不麻烦别人的“新女性”精神，把无线路由器的说明书研究透彻，自己装了网络分接卫星电视的复杂网线；从宜家买回家具，按一页一页的说明书拿着工具组合了比我还高的书柜；搬了三次家，每一次都是自己上网订购包材、自己打包封箱搬运、再到拆封。事后回想起来，不知不觉间已经被人赞为IT高手以及打包组装天后。但为什么要这么累，偶尔向外求援不是也很好吗？

生活有很多面，而你真的不用每个细节都要懂，或咬着牙自己蛮干。我和我这群“轻熟女”闺中密友常常犯的致命错误，就是我们太习惯问题来时本能地抢着去解决，总觉得什么都不要麻烦别人，或者硬是要在男人面前撑起一付坚强聪慧娴熟的模样。到了最后，懂的和做的一样多，有没有比较快乐我不知道，但是，如果拿这些时间来做自己喜欢的其他事，不是更好吗？

聪明的女人，必须懂得拥有选择权。能明白很多事，也能选择自己要做或者不要做的事。选择今天吃牛排明天吃泡面，没什么大不了的。

我又把话题扯远了。饭桌上，我们的那一锅极不健康的懒人火锅还在煮着。然后很自然的到了“王子面”出场的时候了。把面下锅再打个鸡蛋继续煮，当鸡蛋煮到半熟时把面捞起拌点沙茶酱，让金黄色的蛋液搭配软硬适中的泡面。啊！送入口中的刹那，我们两个女人仿佛美食综艺节目里那些夸张的美女主持，一同惊叹这种没有技术含量、不重食材、没有摆盘的极其随便型食物，怎会如此的好吃。

我想，我们放入口中的，是一种完全偷懒解脱的轻松和满足感！

完全不花哨、看起来却很厉害的懒人泡面

因为今天是偷懒日，所以要特别分享不厉害的偷懒食谱。虽然如此，我们还是必须怀着一颗虔诚的心，尽心的享用这偷懒背后的美味！比如说，听起来好像很厉害的黄金葱花拌面，其实就是半熟鸡蛋盖在泡面上。做法其实也很偷懒，把面煮熟后捞起，把鸡蛋打入汤勺中，放入煮开了的泡面汤中加热。要确定水的高度是正好淹过汤勺的水平面，不时的摇动汤勺，如此一来才能确保鸡蛋熟得恰到好处。最后将半熟的蛋盖在煮好的干泡面上，放点葱花，刺破蛋白，让蛋液流出，香喷喷的懒人黄金拌面宣告完成。

还有一种据说是“宅男”发明的起司泡面。同样也是把泡面中的面饼煮熟捞起放入碗中，随意加上自己喜欢的料，香肠、泡菜或火腿，同时煮热汤，可以用泡面附带的调味包。之后在煮好的泡面上放一片起司，将汤汁淋在起司上使其融化；如果想偷懒，据说用微波炉也有同样的效果。最后再洒上画龙点睛的葱花。

大功告成！（够懒吧！）

Seven

Lost in
Translation

拍摄广告的影棚内，脸上泛着沧桑的四十多岁的美国男子，手端一杯威士忌。日本导演用着他听不懂的日语气急败坏地说戏，完全不懂日文的他，搞不懂导演究竟要他做什么。慌乱之余他只好对着镜头啜了一口威士忌，无奈地说：“It's Suntory time.”

画面回到东京新宿 Park Hyatt 顶楼的高级酒吧。夜晚东京新宿的街头，从旅馆顶楼看下来少了白天的那份繁杂，霓虹灯在酒吧的全景式玻璃窗外反倒多了一种日本式的静谧。这位结束拍摄的美国明星，独自坐在吧台前无奈地看着这个陌生的国度。别无选择，他只能喝着那杯苦涩辛辣的威士忌，对着语言不通的酒保吐露没有人听得懂的怨气。一位二十多岁的金发西方女孩从人群中注意到了这个孤独的男子，他们四目相交。

我非常喜欢*Lost In Translation*这部电影。在陌生的国度里，面对工作、友情或爱情，无法用母语表达心底深处想法的情境下，语言究竟扮演什么样的角色？

我身边有许多用着第三国语言努力谈着恋爱或维持婚姻的勇士，我心里默默地把他们称为“地球村小组”。地球村小组里的这些人，生下来当然不是以和老外交往为前提，或以提升文化交流为使命。如果你问他们，难道就不能挑一个本地人，用中文轻松地调情或吵架？他们大多告诉我，没办法，没有刻意，遇到了就是遇到了，也只能拼命让自己融入对方的语言和文化中。搬到上海后，这样的经历更是明显。由于上海本身就是一个容纳各国人的国际大都会，德国人、澳大利亚人、美国人、意大利人、泰国人、马来西亚人、新加坡人、日本人……这群人努力让爱情跨越语言文化的障碍，我则尽责地成为他们吐露苦水的对象（通常只有不开心时才会找到我，开心时人都不见了）。

好友A堪称地球村小组的组长。没办法，她细致小巧的脸庞，搭配月牙般的凤眼，加上温柔婉约的个性，天生就是西方男士心目中的东方女神。然而她的异国恋情屡战屡败，背后凄美搞笑的结局绝对可以浓缩成多支六十秒的广告片。

其中的一支被我个人列为年度大片，故事是这样开始的：只身在上海工作的阴郁英国男子与开朗纯真的中国台湾女孩，相遇在这个繁华交错的国际大都会。

男子的嗜好是品尝来自大不列颠的威士忌，女孩的则对吃蛤蜊有着无比的热情。从相识到相爱到同居的短短一年，终究他们还是逃不过各种差异而走上分手一途，男子以极快的速度把自己的东西打包搬离公寓。

接下来，背光的镜头里出现一位女子的背影，她独自待在公寓里伤心欲绝，默默地收拾那段破碎的爱情。疲累的心独自面对着空荡的公寓，突然间，这名女子好想吃蛤蜊（老实说真的有点搞笑）。她想象着自己掀开锅盖后，被热腾腾的蒸汽配合蛤蜊及台湾米酒的重重香味包围。来自家乡的朴实美味，肯定能抚慰她在异乡破碎孤独的心灵。镜头跳到菜市场，奋而起身的她，不顾搬家打包带来的满身疲惫，在市场穿梭，买下当天最贵的大蛤蜊。

洗净后的蛤蜊在水池中闪闪发亮。热锅，加点油，放点洋葱稍微拌炒，把蛤蜊倒入锅中。那一瞬间，我们在镜头里看到了水蒸气缭绕下她的脸庞，漾起了一丝决定重新振作的微笑。接下来，是关键的步骤——只要倒入台湾米酒、盖上锅盖，让蛤蜊蒸熟开嘴，距离她决心振作的里程碑就差这一步便可大功告成。

她利落地打开橱柜，呃……米酒呢？在哪儿？不见了！天哪！橱柜是空的？怎么会？她赫然想起前些日子随着男友的离去，厨房里的一切被她任性潇洒而毫不留情的全部扔掉了。她不敢相信原本这一出重新振作的剧目，居然变成这样荒诞的结局，锅里嗷嗷待哺等着米酒醍醐灌顶的蛤蜊们，配合着空荡的橱柜和一颗空虚的心，在刺啦作响的煤气炉上形成一幅搞笑的画面。怎么办？没有酒的酒蒸蛤蜊要怎么吃？怎么会这样？慌张之余，她瞥见那个离去的男人仅剩的伤心酒柜。打开它，赫然发现里头有半瓶威士忌。别无选择，她不假思索地把它拿出来倒入锅中，迅速盖上锅盖结束了这场闹剧。

威士忌蒸蛤蜊的滋味如何我不知道，但苏格兰半岛的威士忌和台湾海峡的蛤蜊尝在口中，肯定有一种异国恋情五味杂陈的况味。六十秒的广告演到这里，结尾应该出现一个标题。我问她，这广告结语要怎么下？她慢慢地抬起头认真地看着我，坚定地说："威士忌取代米酒没有问题，没有什么是不能被取代的，男人也是！"我憋了许久终于还是忍不住狂笑，这明明该是一个凄美的异国恋情故事啊！突然我想起 *Lost in Translation* 里，比尔·莫瑞对着镜头举着酒杯无奈地说："It's Suntory time."

"快点帮帮我！这到底是在讲什么？"地球村小组第二号美女猫小姐哭丧着脸找我求救，我就知道她约我吃饭绝对有诈。她将美籍男友的英文短信递给我看，那是一条吵架接近到要分手的短信。心慌意乱的她，无法相信这些小时候在教科书上以"This is a book"开头的蚯蚓文字，会对她未来一生的幸福有着如此决定性的影响。短信里每一个单词她都认得，但字里行间到底透露出什么，她苦恼地恨不得吃下整本《朗文汉英辞典》，好让她钻进男友的心房，读懂这些文字背后对他们爱情的表态。

我又气又笑，这也不是第一次了。"拜托你可不可以找一个讲中文的人交往？"猫小姐是土生土长的台湾女孩，她的英文程度虽然不是太差，但的确也没有很好。身为她十多年好友的我，总是收到她的求救，内容包括替她校正英文求职信、推荐信、给房东的信、法律信函等。

“快把你回给他的短信给我看，”我命令着她，“哎哟，这不对啦，你回的那么无情难怪对方死了心。”

哭丧着脸的猫小姐无奈地说：“我哪有无情啊，我的意思转换成英文不就是那样吗？”

虽然我也不是母语为英语的人，但经过粗浅地推敲，我只能无奈地说：“从语法看起来都对，但意思好像不是那样啊……”无法见死不救的我，只能就着日式居酒屋的背景音乐，以桌上摆着的盐烤青花鱼作为基调，配合着她像电影《怪物史莱克》里那只靴子猫一样——充满期待眼泪汪汪的夸张大眼，帮她用英文给美国男友写求和短信。

地球村小组的三号四号五号们，都是异国恋情开花结果的幸福妻子或是丈夫。虽然如此，我在他们的生活中还是多少扮演过重要的角色。

“喂……我可以到你家吃鸡脚冻吗？”

“啥？为什么？”我不解。

“因为他们老外觉得鸡脚是全世界最恶心的东西，更何况我要在他面前啃！”

噢……还有这样的，好像有点道理。还有一次，我邀请朋友到我家里吃美味的大闸蟹。

“找你的老公一起来吧！”

“不要不要，我要自己去！我好想吃大闸蟹。”

这又是为什么？原来，老外们想不明白吃蟹为什么得自己动手剥壳，而且手忙脚乱肢解螃蟹后，才吸到那么一点点肉，更不明白这样投资回报率低的事，究竟乐趣在哪里。

自此以后，我家成为这些在自家无法品尝中式料理的太太们大饱口福的地方。诸如卤鸡脚、姜母鸭、羊肉炉、鸭脖子等这些老外怕得要死、吃相绝对血腥暴力的美食，她们都能在我家里肆无忌惮、超级幸福地送入口中。擦擦嘴巴，她们便可再次回到现实生活里，做各自老公心目中优雅的东方女神。

我仍是以无比的敬意支持我身边的地球村小组成员们。他们有男有女，有未婚也有已婚；他们勇敢地打开心门，跨越语言文化生长环境的藩篱，努力地融入对方，也努力地让对方融入自己和自己的生活。看着他们在我家津津有味、大快朵颐地啃着鸡脚和大闸蟹，总是让我觉得人生真的实在是太有趣了，一股力量油然而生。

那一天，我也差一点加入了地球村小组。看着手机里的英文短信，反复端详了数十次，说也奇怪每个字都认得，组合起来却不明白这背后的意思究竟是什么。短短五个字的回复，我删除又重打，打了又删除，反复推敲，思考语法情境，生怕自己误解了对方而词不达意，又怕自己回复的太直接吓走了对方。那真的是一道比托福写作还难的英语作文题。

突然间我理解了威士忌蒸蛤蜊的滋味，也明白了猫小姐泪汪汪的眼睛里那颗焦急的心。异国恋情要跨越的不是语言的障碍，而是彼此心灵的差距，是设身处地去了解对方的生长环境和背景，是参透藏在金色睫毛后的心事，然后让心意横越大西洋直达对方心灵的彼岸。我们不是怕对方误解文法和单词，而是太在意对方的心。这样的道理，其实是爱情的基础，无关国籍。

我们每个人自己都是独立的一国，我们每一个人生长在不同的环境、拥有不同的思维和语法，我们每一个人都在和别人谈着异国恋情。即使用中文沟通的两个人，也无法传达完整的心意，无法跨越思考的障碍，无法容忍表述的歧义，终究，还是会在转译中迷失。

威士忌蒸蛤蜊

用威士忌入菜是一件很大胆的事，至少，我没有这样做过。威士忌有着太浓烈的烟熏味，处理不好就会抢过食物本身的味道。我反复试了几次，还是不能习惯威士忌和蛤蜊的组合，也许从小到大台湾米酒的味道太过深刻，认为蛤蜊不就是该配米酒吗？不过我又想起了异国恋情，也许对老外来说，蛤蜊和威士忌的组合才是绝配，米酒才是奇怪的东西。不如这次就让我们放下先入为主的味觉惯性，敞开心，给威士忌和蛤蜊这段异国恋情一个机会吧！

这道酒蒸蛤蜊，其制作过程很是简单，不需花费太多精力，也没有太多的技术含量。热锅后加入少许洋葱拌炒，洋葱炒香后加入蛤蜊，再加入勾兑了水的威士忌（这里我以“水割”的方式先稀释威士忌，以免味道过于强烈）。盖上锅盖，等蛤蜊开口对你笑后，就证明熟了。有时不想酒味太强，我会在熄火后加入一小块奶油再用锅盖盖住，让奶油融化后与汤汁合为一体。这纯粹视个人的不同口味而定。起锅后再洒上一点葱花或西洋芹，完成。

STAUB
STAUB

Eight

上海，海之上

要写一篇关于上海的文章，我还是有点心虚的。

上海和北京是两个外表和个性截然不同的城市。前者是个穿着紧身小洋装，脚蹬高跟鞋，身材窈窕，皮肤白皙，说着吴侬软语的女子；后者却是个穿着大褂儿，满口卷舌京片子，见人非得拿二锅头干杯的北京爷们儿，怎么看都不搭。

刚搬到上海的前半年，我这个骨子里多少还留点北京傲气的“伪北方人”，与这个姿态摇曳细皮嫩肉的南方女子相遇，心底倒是有几分排斥的。为什么马路这么小？为什么明明是双向道转了个弯又成了单向道？为什么男人讲话总是含在嘴里嘟囔着，什么都听不清楚？为什么菜的口味这么甜？为什么在这里的餐厅点菜有时还得用洋文？为什么棉被永远都是潮湿的？为什么？为什么？为什么？我每天从出门上班到回家的路上，不断地质疑各种问题。离开了北京高阔的天、宽大的马路与熟悉的一切，上海生活的改变把我一下子拉到一个混乱不安的现实。

由于工作性质上的调动，我的上海生活从安顿好的第一个月开始，就是一连串疯狂的出差旅行。我曾创下了一年十二个月连续每个月都出国的纪录，静安寺到浦东机场的那段路，成为我第一个熟悉的上海路径，飞机上的餐点甚至成为我最常吃的“上海餐”。有时候周末在上海家中醒来，还会突然有一种感恩的心，今天居然可以待在上海好好过周末，实在是太难得了！

移居上海近两年，我真正待在上海的时间，算起来也许不超过一年。所以要谈上海，确实觉得自己亏欠它许多许多。然而换一种角度想，上海本来就是一个流动性的城市，有着两千多万的外来人口。这个城市有太多太多像我这样，以上海为定点不断迁移的城市旅人。所以，也许从我这个花心而不轻易给一个城市承诺的外地人来看上海，才是真正的上海吧。

常有人问我，在上海，印象最深刻的景色是什么。我非常努力地回想，说起来很讽刺，在上海的前半年，脑海中浮现的不是外滩璀璨繁华的街景，不是法租界撒落满地的梧桐叶，也不是弄堂里晾晒的充满生活味的衣裤。我印象最深的景色，居然是飞机从三千米高空降落浦东机场时，从上往下俯视的上海。穿过了大气层，穿过了云端首先会看到一片海，以及零零星星在港口边上的船只，接着看到了那个浮在海之上的——上海。我常常看着看着，会不断地问自己，这里是我的家吗？我究竟在这里做什么？

人就是这样，有了选择权反而害怕。害怕做错决定，害怕未知，害怕改变。其实是因为怕自己爱上了新欢，对旧爱就无法交代。说到底，害怕自己变成一个滥情的人。

怀着这么一种抗拒的心情挨到第三个月，我在上海迎来了第一个悲惨的冬天。为什么会用“悲惨”来形容，因为它真的十分的悲惨。四季分明在北京十分明显，我很自豪培养了将近五年的北方体质，硬底子到哪里生活都必定完胜。没想到北京的干燥和统一供暖造就了一种假象：那就是我觉得在干燥的大雪里奔跑并不冷。在室内穿着短袖过冬根本是长江以北人民奢侈的享受。北方干燥的气候让体感温度比实际的气温高了许多。居家室内、餐馆里、出租车内的暖气，更让人容易产生“冬天理所当然就是这样”的幻觉。总而言之，自以为挨过了四季分明的北京气候的我，现实中根本就是一朵温室里的花。

我这朵娇弱的花，来到这个靠着海的城市，根本是不堪一击。海风吹着潮湿而冷冽的空气，那种刺进骨子里的冷，是穿再厚的羽绒服都抵挡不了的。我每天缩在没有集中供暖的房间里默默发抖，无语问苍天地问自己为什么要搬来一个没有暖气的城市？怎么想，都是一幅悲惨的画面。平均气温三度或四度（也许体感温度是零下好几度）的那几个月，我每天回到家的活动范围，就是电热毯大小的地方和暖炉照到的四十五度半径内，最后更是把水、食物以及生活用品摆在电热毯所及的范围内，说什么也不肯离开它们。上海的冬天，着实狠狠地打了我一记耳光。我想念着北京的温暖和熟悉的一切，万般后悔自己选择了这个改变。

送走了悲惨的冬天，迎来了上海第一个春天。我依然每个月都会从浦东机场的高空眺望这座海之上的城市，依然不确定，这里会不会成为我第二个家。梧桐树开始长出了新芽，从机场回家的车上，我愣愣地望着那一棵一棵挤在狭小街道两旁的梧桐。相较于北京杨树高大挺拔的骄傲姿态，上海的梧桐有着平易近人的俏皮

感。有一天，我惊觉地发现梧桐树的树干实在太美了，不规则的深绿色和浅绿色交织的图案，简直就是植物界里的时尚代表，它们一直都穿着最绚丽的迷彩服，自信又平易近人的展示它们的美貌。好吧！我们试着和平共处吧。我对着梧桐树如是说。

要努力去了解一个城市，最直接的方式就是——吃。上海人的春天吃什么？当然就是家家户户都会做的“腌笃鲜”。“腌”指的是腌肉、腌火腿或咸肉。上海人在入冬时就开始腌制猪肉，因为天气冷，肉不易变质。经过了几个月的寒冬，春天正好就是腌肉最好吃的季节。“笃”是一个象声词，在上海话里“笃”的意思就是小火“焖”“煮”汤头而发出“笃笃笃”的声音。“鲜”当然指的就是新鲜的季节性食材，春天最好的就是鲜嫩的春笋，新鲜的猪蹄髈。所以“腌笃鲜”怎么听，都是一道很有画面感的菜。尚存一丝寒意的早春弄堂里，梧桐树发着小芽，晒着内衣裤如旗海飘飘的矮楼内，一个穿着旗袍、上了发卷的上海妈妈，悉心地站在发出“笃笃笃”声音的砂锅旁，仔细地为一家人煮汤。

既然是上海的名菜，腌笃鲜的制作也必定如上海人一般，十分的讲究。邵宛澍先生在《下厨记》里对于腌笃鲜的制作和选料有着详细的描述。大意是先要挑选一只新鲜的猪蹄髈，再来挑选咸肉。挑选咸肉的秘诀在于看其肉质是否紧实，只有肉质紧实皮白肉红的才是当季的好咸肉。最后当然就是鲜嫩的春笋。有了这三大法宝，接下来讲究的就是“笃”的过程。将鲜蹄髈放入锅中，加水淹过蹄髈以大火煮沸后，再加料酒，转以小火，秘诀是汤沸而不滚为最好。接下来的过程我就不多描述了，然而我愈是读着，愈是对上海人在细节上极端的讲究感到敬佩不已。

我并不是烹调界的专家，职业习惯，我总是把所有描述的事物形成一幅幅画面。腌笃鲜是一道很有视觉以及听觉享受的菜。寒冬过后的早春让冬眠已久的心情为之一振，穿着稍薄一点的大衣在仍有寒意的清晨里，踩着小雨微湿的街道，在市场仔细挑选食材，然后仔细入料，再在锅边搓手听着炉上“笃笃笃”的声音。怎么想，都是上海生活的绝佳画面。最后在煮好的腌笃鲜中放入百叶结，吸取了汤汁的百叶结配着白饭正好。乳白色的汤汁有丰富的胶原蛋白，不管是治疗季节交替所致的过敏，还是补身子或养颜美容，都有极大的功效。不愧是上海人，这么一道基本的菜品也会想到要“顾了里子也顾了面子”。

这一锅热乎乎腌笃鲜的鲜美汤头，在心底多少安定了我对这陌生城市的不确定感。不知道是不是心理作用，我因此开始有一点喜欢上海了。在这样冷冽潮湿的天气里，这么细致的一锅汤，这个被北京人笑称“小资本主义”的城市，的确也能十分的治愈。它让我卸下了对上海的心理防线，开始用不同的眼光一点一点地看这个城市的美好。

没有宽敞街道的上海，蜿蜒的小巷弄如同城市的寻宝地图。转角飘出的咖啡香，让人误以为置身意大利；梧桐树下的户外小酒馆前落叶满地，让人感觉一不小心又踏进了法国的领土；然而老洋房里细细的木窗棂，却又提醒人们这里是中国上海。没有高阔的天空，就享受穿透在梧桐树叶后洒落满地的阳光。从公司旁的安福路开始散步，沿途经过的德式烘焙坊，总是烘烤出香喷喷面包；还有全上海最好吃的薄饼比萨店，天气好的话，坐在户外看着满街悠闲的老外也是一种享受；再来经过好友的陶艺工作室，没事进去探个班，顺便淘一些可爱的小杯；转角的超市里卖着各式西餐的香料以及让人眼花缭乱的食材。转进武康路前，路边花贩卖的一束五元、香气迎人的小茉莉，倒也能让满室馨香。再往前一点，还能在李鸿章后代故居的香樟花园里，窥见清末民初那个繁华的租界。途中还有数不清的、有意思的设计小店，以及性价比极高的传统市场。这是个非常适合散步的城市。

没有了北京爷们儿的京片子，群居在上海的各地人们倒也是一番风景。这里除了有心思细密、身材曼妙的上海女孩，无时无刻不在帮女孩儿提包的上海男人外，还有来自世界各国的人。这里是个民族大融合的城市，这些来自世界各地的人们，聚集在上海追逐他们的中国梦。充满热情与梦想的西班牙毛线艺术家、举家迁移定居在莫干山经营旅馆的法国人、幻想有朝一日成为服装设计师的意大利人，还有作家、画家、导演、摄影师、股票投资人、洋酒进出口交易者以及数不清的餐馆经营者……在他们身上，我看到他们对不同文化的开明态度，以及移居他乡的乐观和韧性。

那片在冬天吹来让我痛恨的刺骨寒风的海，如今成为我心系流连的地方。黄浦江边的徐汇滨江公园是我最爱的跑步地点。下班后的夜跑，沿着江边追着月光，偶尔被江边缓缓移动的货船给震慑，思考着船究竟载着什么？去到哪里？如此想着会一不小心慢了脚步。我特别

大
状元肉庄

喜欢在下雨的夜晚走在外滩，雾蒙蒙的雨在鹅黄色的灯光下飘飞。从华尔道夫大酒店外往北一路沿着中山东路走，在这条由船夫和苦工一步一步踏出来的步道上，并存着古典建筑和现代建筑，如今这里已成为旧时代的缩影。浑厚悠远的钟声每隔一刻钟便会敲响，让我心头为之一震。那钟声敲响的是中国近一百年的繁华更迭，是现代亚太地区经济发展的核心，是纸醉金迷，是奢华，是百花齐放，也是迷失、梦想，更是建设，是和平饭店里的老爵士乐团，这一切似乎都夹杂在华尔道夫酒店一只上百元的生蚝以及二百元一杯的香槟里。走在外滩街道的我，在这样的时代和这样中国梦里，究竟扮演什么角色？我究竟这在洪流里追逐着什么？

到现在还是有人问我这个已经回答了一〇五次的问题：你喜欢北京还是上海？你觉得北京好还是上海好？大部分的时间我都会胡诌出一个答案，而想要草草结束这个话题。因为这问题本身就很奇怪，何况如果真正要回答这个问题，可能一个小时都说不完。北京和上海，是两个完全不同却又充满自己魅力的城市。这个问题就好像你问别人，喜欢吃饭还是吃面？喜欢春天还是秋天？

我还是喜欢从三千米高空向下俯瞰这座海之上的城市。但现在，我有了不同的感受。这是一片充满活力与流动性的海。有繁华喧嚣，也有幽静恬美。这里或许会成为我下一个家，又或许，哪天我会花心地爱上另一个城市。但是，人生既然选择了改变就要相信这样的决定，然后敞开心接纳这个改变所带来的好或不好的体验。它们也许会在你的人生中成为一段意想不到的惊喜时光。

腌笃鲜

腌笃鲜并不是一道复杂的菜，只要选好料，加上耐心焖煮就大功告成。咸肉也可用金华火腿取代。蹄髈和咸肉务必汆烫，把血水去除。水淹过蹄髈加入一点米酒煮开至大火，转小火煮一小时。之后再加入咸肉，再煮一小时。

这么做的原因是因为咸肉的味道很重，如果煮太久的话会导致汤头过咸。在“笃”的过程中，要时不时地尝一下汤头的味道，如果太重的话，就要加点水或者将咸肉捞起。汤头煮的差不多时，再将春笋滚刀切块加入汤里，这时若喜欢百叶结的人可以适时加入百叶结，吸取汤汁，最后再加入自己喜爱的青菜。

一锅鲜美的腌笃鲜绝对是告别冬天、迎接春天的好东西。

Nine

▼

那就来炖一锅
红酒牛肉吧

她完全不知道该怎么办。

“哎哟，如果你很忙也没关系，我可以在旁边看书，或是你做饭我可以在旁边帮你切菜……哎不过我不会切菜，还是洗菜好了……哎哟，反正我现在就是要去你家啦！”每次她给我打电话，说想到我家吃饭，我就知道她又陷入了不知如何是好的焦虑。其实我也不知道该怎么办，人生里有很多事我们完全不知道该怎么办。

我和她，是非常要好的朋友。我们有极相似的个性，有时候看着她，就仿佛看见了我自己。所以多半她不知道该怎么办的事，我其实也不知道怎么办。那一次她来找我，幽幽地吐露心事，聊到最后我们竟相对无言，商讨不出任何答案。

“那要不，还是先来做一锅红酒牛肉吧。”把问题放一边，先填饱肚子，一向是我们最好的解决方案。为什么用红酒炖牛肉，当然这并不是因为一个人的生活里总有一瓶打开后喝不完、又不知如何处理的红酒。我喜欢用红酒炖牛肉，是因为准备及烹调它的过程必须花很长的时间，要有耐心。所以，当我不知道该吃什么、做什么的时候，炖煮一锅红酒牛肉可以让我平静。

那天，她与那个曾爱过的男人再度相见。音讯全无的那些日子，他们进入了不惑之年，灰白的鬓角和疲惫的眼神中掺杂了一点尴尬。许久不见后重逢的瞬间，甜美及痛苦的回忆一起涌上，但两个人却只能沉默着或谈着不相干的事。这

些日子你好吗？有想起我吗？每当想开口问这些问题时，她却发现自己不自觉地把红酒杯往嘴边靠。别问了吧！那些重要吗？两个人就这样默默地吃着午餐，她没有把握这短暂相处的时光，脑中却不相干地复习起我曾教她炖煮红酒牛肉的步骤。

第一步当然是备料。挑选上好的牛腩。对，要选最好的牛肉，物质是好好照顾自己的最低门槛。当然，少不了洋葱、番茄、胡萝卜这等料理界的最佳配角。将牛肉及蔬菜一刀一刀，切成大小整齐一致的段块，然后将盐和胡椒粉均匀地撒在肉上稍加调味。这时，你就要拿出锅了，一个质量好的铸铁锅，绝对是你放心的好伴侣。接下来是我最喜欢的过程。热一下锅后加入橄榄油，把肉和蔬菜放进锅里低温翻炒，喜欢听食材放入锅里那一瞬间的刺啦声，此时锅中会溢出食物本身的香气。那是一种温柔的、原始的香气，没有加任何调味料，就是肉、洋葱、胡萝卜本身被热油激发出来的味道——原始而纯粹。之后可以加一点奶油或培根，再加入少许的香草、月桂叶、百里香（当时我还向她炫耀阳台上的香料小花园被照料得宜，随时都能采取新鲜的香料）。

接下来倒入红酒，加入牛肉高汤，开始炖煮。香气

在这个时候毫不意外地充满整个厨房，你却意外地获得一种踏实感。煮开后转小火，接下来就是漫长地等待。炖煮一锅带着红酒香气和色泽的牛肉，要用恰到好处的火，你必须细心地呵护它，小心翼翼地控制火量，才不会让火过大导致红酒的香气挥发。同时，你还得不断搅拌，要有耐心，确保锅底不糊。

爱情的形式很多种。重口味大火快炒，有刺激的辛辣快感；小火慢炖，能尝出每个阶段微妙的层次变化。炖煮的爱情，需要你默默地搅拌，直到它出现你喜欢的味道，然后熄火，静静品尝。炖煮本身就是一件极其个人的事，没有人能告诉你要加多少水、多少盐，要炖多久。锅子不同，食材不同，火候不同，炖煮到什么时候恰到好处，只能由你自己决定。大多时候，我们必须自己决定要用什么样的形式去爱别人，不是吗?

她和他仍旧谈着不着边际的话。也许彼此心里都有想问的事，想说的话。然而他们却决定选择继续炖煮这样的沉默。她对我淡淡讲述的同时，把这有着成熟大人口味的红酒牛肉，默默地送入嘴里。红酒牛肉的滋味很复杂，这种口味，只有经历过人生的人才能懂。我看着这样的她，也看见了从前的自己。

这些日子以来，我们已经渐渐明白，有些人在你生命中走进来又走出去；有些人虽然走出去了，却又用某种形式在你心底留存。有一种爱的形式，即便对方让你痛彻心扉，即便全世界的人都骂你是傻子，你仍旧在心底默默地炖煮一颗“想要他好”的心，不求回报。这样的心没有悲情，只是在默默谢他，陪你走过生命中的那一段。

炖好的这一锅红酒牛肉，会让房间充满奢华的香气。奇特的是，不管是刚煮好或加热一到两次，不管是独食或和一群朋友分享，不管是搭配西式的法国面包或中式的白饭，它总能散发出不同层次的口感。我不想把红酒牛肉冠上庸俗浮泛的治愈系美食的称号，但现实却是，当我不知道该怎么办的时候，就炖上一锅红酒牛肉。

反正也没别的办法，不是吗！

炖煮一锅香气四溢的红酒牛肉

红酒牛肉的重点是肉，酒反而是其次，需要选择上好的牛腩或牛尾，总之要买适合炖煮的部位。红酒只要便宜的就行。再来就是香草束，将百里香、迷迭香、月桂叶等用棉线绑成一束。香草可以让炖煮的牛肉更有香气，绑成一束的目的在于即将炖好时可以将其便捷的拿出，以免散开混浊汤汁。

牛肉切块，撒上一层薄薄的胡椒粉和盐。将牛肉煎到两面金黄。这么做是为了让油把肉汁封住，炖煮时才不会让肉汁流失。以同样的方式处理蔬菜。胡萝卜、西芹、洋葱、番茄切成块状，如果你喜欢蘑菇，也可以放一些，先用橄榄油小炒，再丢入锅中炖煮，好让蔬菜保留水分，不会散失味道。炒蔬菜时还可以加入少许培根或一小块奶油，会使味道更香。

将所有材料加入炖锅中，再加入红酒和高汤。至于什么比例，可以依自己的口味调整，我一般会用掉半瓶红酒，高汤则要淹过所有食材。汤汁翻滚之后，转小火慢慢炖煮一至两小时，时间的长短视你的锅子以及肉质状况而定。

接下来，你需要悉心搅拌，耐心等待。熄火前，自行决定要不要加盐。如果你很在意配色，加些碎的番茄泥会让颜色变得更好看，再加一些切碎的香草增加视感和口感。

Ten

北京，北京

天空灰蒙蒙的，它的颜色有一种很难形容的色调。浪漫一点的话，你可以说好像隔着纱窗看着虚无的世界；直接一点的，就说那是人人闻之色变的PM2.5悬浮颗粒。空气中飘浮着的究竟是浪漫的雾气，还是令人惶恐的污染物，在这个城市早已没有人再深究。出租车里有种特殊的气味，你习惯也好不习惯也好，上了车，你就别无选择。

这一天，我又回到了北京。下车后的第一餐，该吃什么？

机场高速到东三环那段路上的景象，是我记忆最深的。无论是刚下飞机准备迎战这个城市，还是千愁万绪准备离开这座城市，我喜欢把头探出车窗，浏览道路两旁绵延不绝、笔直高耸的杨树。映衬着北方特有的高阔的天空，它们一棵接着一棵，直至没入远方。看着看着，我常觉得它们会把人带到一个遥远而神秘的地方。

每个人的记忆中都有一座忘不了的城市。它也许是你出生的城市，你发誓它是你的起点，准备爱它一辈子；它也许是你失恋的城市，对它又气又恨坚决这辈子再也不回去；又或许是你背井离乡出门打拼的城市，你原本打算只要一夜情，却没想到动了真情。四年半的时间也许并不算长，但对我来说，北京在我生命和记忆中留下的烙印，却比我的出生地还要深。那是一道粗糙原始、坦率深刻却又温暖的印记。

那一年，我离开了居住三十多年的台北，离开了父母的保护，离开了这个热带小岛特有的黏腻温润的热情，前往了北方。当时的我，是个标准的台北小孩，对地理的认知极其有限。最初搬到北京的前几个月，对于人人把北方的人、北方的天气、北方的食物挂在嘴上十分不解。不明白究竟“北京”和“北方”有什么不一样，后来，我渐渐理解了东西南北的差异，以及由此造就的各地域独特的生活环境和人格特质。在北京，除了有地道的北京人，还有东北人、内蒙古人、山东人等，这些来自北方的人其性格和生活形态造就了北方特质。而这样的差距，只有在北方和南方同时生活过的人才能辨别出来。这个经验后来跟着我南征北战，我甚至能对初次见面的人自豪地说："听您这口音肯定是打北方来的吧？"

二〇〇七年的北京仍是一个原始的城市，夸张的距离感和四季分明的气候迫使我对生活做出调整。马路永远都是那样宽，点对点的距离永远让人疲于奔命。下班回家要找个便利店买牛奶，这般简单的事在北京却好像作战一样，必须事先拟定路程以及选好交通工具。刚到北京的那一年，每次问同事什么东西在哪里时，他们总是洒脱地说："这容易，不远，向东走两个街头便是。"当时的我对北京人说的"这容易"还不了解其深浅，认为咬着牙用走的就可以。没想到这两个街头的距离，大约是台北两个地铁站的长度，为了买瓶牛奶要走两个地铁站，对于我这个时髦的脚蹬高跟鞋的上班女郎来说，简直是一大酷刑。（还有"向东走"，东边到底是哪边啦！）

北京显然是一个"生活形势严峻"的城市。它辽阔，它不便；它气候多变，它不轻易向外地人妥协。也因为这样，能够在北京生活的人，骨子里都有一种能适应不同环境的包容度。距离和环境的不便并没有疏远人们，反而让人和人之间变得更坦率、更亲近。一不小心，你就会爱上北京人这种可爱、直率的性格。出去绕了一圈又回到北京时，相较于千奇百怪的街头乱象和“不文明”，我反而欣赏它不畏俗的可爱、任性。坐摩的（摩托车改装的出租车）时，被关在师傅后座的小隔间里，看着他们为了讨生活在马路上不顾交通规则横冲直撞。到达目的地后，师傅还会得意地跟我炫耀“怎么样，很快吧”，我没有生气，反倒竖起大拇指说“很快”。某天我坐出租车坐到半途，司机突然说：“那儿正好有个加油站，您不介意咱们一起过去加个油吧？”在台北或上海时的我可能会破口大骂，他没有遵守服务准则或延误了我到达目的地的时间，可说也奇怪，在北京时你反而会觉得“好吧，那也行”。于是我们一起进了加油站，并就油价物价生活质量的话题，进行了一番北京生活经济学的探讨。挺好的。还有市场那个卖水果的大妈，送水到家的小伙子，楼下便利店害羞的小姑娘……

是这些北京的人，让这个城市变得如此可爱。

我喜欢北京的人，也就喜欢一起生活在北京的外地人或同乡，我特别珍惜大家一起吃饭的时光。我们像极了海外留学生，上馆子吃饭成为每周的大事，通过吃，我们在这个陌生的城市里，一起寻找到了安全感，一起互相取暖。北京的那段岁月，就在每一餐消磨的时光里，在和同事朋友无数的插科打诨下，在京片子穿插着“台普”（台湾味的普通话）的斗嘴争辩中，以其鲜明的画面留在我的脑海。

记得那段在金宝街上班的日子。深藏胡同中的“1949烤鸭店”给人神秘又奢华的贵族体验；街对面那家不知名的平民餐馆，其所在的四合院曾是某位格格的宅邸；向东走（我现在也能理直气壮地指出东边了）往朝阳门南小街方向，人称“地下食堂”平价却又粗糙的湘雅居，有我最爱的剁椒鱼头；南小街上的小掌灯麻辣香锅，吃完回公司总是一身怪味；每年立春时都要去吃王府井边上的春饼，还有公司旁边的小街卤煮……

那些时光就像北京二锅头一样，就着北京酷暑或寒冷的天气，在我的味觉和回忆里留下辛辣的味道。记得那年冬天在工体看完周杰伦的演唱会，雪夜里走回家的途中，因为实在太冷，只好在路边买了瓶人称“小二”的二锅头，酒入喉咙的灼热感和羽绒服外零下十度的冰冻感交错，这种对比将我们逗乐。刚到北京的那周，Apple 学姐特意带我去吃烤串，还规定我一定得融入当地生活，只能点辣。麻到舌头已经没有知觉的我，只能猛灌燕京啤酒。还有每次只要一有观光客

到来，我们就会重燃大董、利群、鸭王三家烤鸭店谁才是正宗北京烤鸭的口舌之争。

然而，我最爱的还是北京涮肉。在零下好几度的雪天里吃北京涮肉，一群好友围着铜锅，就着大碗喝着二锅头，蒸腾的水汽映着大伙儿嘈杂的笑闹，认真遵循“筷不离肉”的原则，就着芝麻酱、腐乳和韭菜花的酱汁，享受入口即化的鲜嫩羊肉，最后还不忘搭着酥脆的北方烧饼。那是在南方无法体验到的畅快，是一种率性的滋味。尽管外头刮风下雪，尽管身在陌生的城市心里有那么一点不确定，尽管有那么一点想家，尽管有那么点寂寞，还是先放下这些，和好友围锅而坐，大口吃肉、大口喝酒，管它明天怎么样呢。对我来说，这滋味是朋友，是坦率，是交心，是“管它的”，是搓着手相互取暖，是地道的“京城滋味”。

北京就是这么一个十分奇特的城市。每个人都在抱怨它的居民不礼貌，空气过脏，交通太堵，生活不便，食物太咸。但是当人们嘴上说着多么不喜欢它的时候，却又无法忘

却这个由粗糙和原始逼出来的“北方人性格”。人们嘴上说着不喜欢北京，但每个人都有无法忘记北京的记忆点。这个城市有现代化的物质享受，但是高楼和奢侈品，掩藏不住它骨子里北方汉子的傲气。

后来，不知道是我变了，还是这座城市变了，终究我和北京像是一对论及婚嫁却又分手的恋人，虽然深爱彼此，却无法再一起生活。

我想起了汪峰的那首《北京北京》。

我在这里欢笑，我在这里哭泣。我在这里活着，也在这里死去。我在这里祈祷，我在这里迷惘，我在这里寻找，也在这里失去。北京，北京。

离开北京的那天，下着大雪，我是带着满满的回忆离开，前往下一段旅程的。那些回忆，有朋友们像家人一样的扶持，有同事们坦率温暖的友情，有三里屯秋天的落叶，有东华门沿护城河的散步，有钟鼓楼边上的酒吧，有下雪天蜿蜒的泥泞，有景山夕阳下的故宫，有沁凉的燕京纯生。它们像一锅冒着呼噜水汽的京城涮肉，在我心底就这么一直涮着，涮着。

前往首都机场的高速路旁，那排杨树安静地看着我离开，就像北方人外冷内热的性格，淡淡地说："哟？要走啦！"一年后的今天，我又再度回到这个城市，虽然只是短暂的停留，它们也许很高兴再次见到我，但也只是冷冷地说："哟？回来啦！"

今晚，一定要吃涮肉。

涮羊肉是北京人家家户户都会吃的平民美食。在北京冬天天气严寒的时候，一家人挤在四合院里，就着铜锅炭炉涮肉，配着二锅头，是许多人小时候的京城记忆。问了好几个北京人，究竟涮羊肉怎么来的，讲究什么规矩。有趣的是，每个人的答案都不一样，好像头一次有人问他们这种问题，竟一时答不上来。最后被我问急了，他们会说："我告诉你，涮羊肉这不是科学，这是文化，每家人都能讲出一番道理。我也说不出个所以然，不如您去百度一下吧！"真的是很有北京范儿的回答！

我认为涮羊肉离开了北京，离开了特有的干燥的冬天，复制起来似乎就失去了味道。但是，食物有时候吃的是一种调性，就算没了那种百分之百的原味，留住那样的兴味也是不错的。

炭炉加上铜锅是标准的北京涮肉装备。铜锅的导热性快散热性慢，最适合慢慢地烹煮一锅香喷喷的羊肉。再来我们需要新鲜的手切羊肉，北京最好的手切牛羊肉在牛街。其实北京涮肉没有太大的学问，重点就是吃肉的鲜美，精湛刀工切出的薄片才能得到入口即化的口感。然后是汤底。清汤加入葱、姜片及些许红枣。要特别注意，在北京，涮羊肉的汤，只是拿来涮肉用的，是不能喝的。

最后是酱料。涮羊肉最重要的是肉，其次就是酱料了。老北京们用芝麻酱为底，和入一些温水，将芝麻酱以同样的方向持续搅拌，直至呈现出丝滑质感，俗称开酱，再加入韭菜花酱、腐乳调和，地道的北京涮羊肉酱料便可完成。至于其间的比例，北京人会告诉你，那是各家各户的独门秘方！最后视个人口味放入香菜和葱花等。

把这些东西备齐，水开了以后，就可以涮肉了。为了确切掌握入口即化的鲜嫩口感，必须做到筷不离肉，以“七上八下”的次数涮肉，才是入口的最佳时机。我认为刚夹出的鲜肉配上香浓的芝麻酱，简直是人间美味！肉吃到一定的地步，为了平衡口感，可以放入青菜，如大白菜、油麦菜、蒿子秆等。

最后，我们可以播一首汪峰的《北京北京》，想象一下，在下雪的冬天，走在紫禁城边上的那种萧瑟感。

北京欢迎您！

Eleven

▼
味噌汤的战争

这个四十二岁的日本中年男子正吐着烟，就着第三杯咖啡，用他一贯看似毫不在乎的表情，对我洋洋洒洒地讲述他第五个创业计划。咖啡杯里留下的残渣和他脸上带着风霜的胡子茬儿，竟十分地匹配。这位认识近十年的老友，一口流利的英文表明了他在外企公司工作十多年的经历，身为高层主管的他，应该是日本电视剧里那种典型的、令人称羡的精英部长。去年，他却突然把工作辞了，独自创立了一间工作室。

“没办法，厌倦了！”他又吐了一口烟。中年、离婚、独居，有一只猫。他滔滔不绝地叙述那些还在脑袋里构想的创业点子，其中包括进口产品的电子商务、开发秋叶原宅男的营销手法、延续日本和纸制品的网络慈善平台、开发用电玩学英文的手机程序……

当他说到第五个创业计划时，我终于忍不住打断了他："大哥，你这些计划都太寂寞了吧，根本都是一个人坐在计算机前就可以完成的，完全没有和外界接触的可能性。"我脑中出现了日本漫画里，戴着眼镜、满脸胡子茬儿的独居大叔，坐在满地垃圾、烟蒂的计算机前双眼发红的可怕画面。再怎么说，我大哥也曾是个型男。

"没办法，我不想跟任何人接触。"他摇摇头又吐了一口烟，意志坚定，仿佛那口浓郁的烟，从新宿的上空一路飘到银座再飘到浅草，最后在雷门前向全东京的人宣示他的决心。

"女友呢？"我问。

"不要。我宁可跟我的猫在一起。"

"噢……"

"我不想有人每天帮我煮味噌汤啦，好麻烦！"

于是他开始陈述他的味噌汤理论。味噌汤是日本每个家庭早餐必备的基本款。每天早上一家人坐在餐桌前，吃着几样酱菜配着白饭再喝几口味噌汤，才能开始一天的生活，像仪式般。味噌汤虽是日常生活里的配角，但却有着关键的地位，哪一餐少了它就好像没吃完似的。所以在日本，男人和女人若以“煮一辈子早餐的味噌汤”相许时，就意味着两人约定终身。味噌汤看似平淡无奇，却是两人对婚姻的承诺。

然而所有的婚姻，在恋爱的甜蜜期结束后，便进入了实际的日常，少了每天耳边的甜言蜜语，少了在车站前难分难舍的情愫，少了等待短信的不安难耐。多了的是争吵，为家里地毯的颜色、为规定回家吃晚饭的时间、为究竟该怎么煮味噌汤对味……

日本是个地形狭长的国家，从北到南的气候差异很大。这样的地形和气候当然也影响了人们的口味。北部气候寒冷偏好口味较重的“赤味噌”，南部则选择口味相对清淡的“白味噌”。也因此，每个地方、每个家庭都有自己独特的味噌汤口味及做法。味噌的浓淡、高汤的咸寡，甚至要加海带豆腐还是萝卜肉片，每个家庭都不尽相同，有着自家的习惯与传统。

当新婚男女第一个甜蜜的清晨，新娘娇羞地为丈夫煮味噌汤，新郎迫不及待地啜了一口这幻想已久的幸福时，诚实的舌尖让新郎皱着眉说：“这味噌汤味道不对！”

失望的新娘则生气地嚷着：“我在家都是这样煮的。”

“可是我们家都是要再咸一点儿，而且没有加萝卜。”

“可是我不喜欢太咸的口味，而且我就爱吃萝卜。”

“那这个就不是味噌汤。”

于是两人开始争吵，蜜月期就在这一碗味噌汤里宣告结束，而婚姻真实残酷的挑战，也始于这一碗味噌汤。日本传统社会里的妻子一般要学会忘记娘家的口味，被送去婆家学习“正确”的味噌汤做法；日本现代社会里的妻子，也许不愿像传统妇女那般全然妥协，却也得想尽办法、用尽心力，不让这碗味噌汤扰乱本该宁静的早晨。

说穿了，这碗味噌汤，守的是每个人每天日子里那牢不可破的个人领域。而在这个领域里，一直以来我都是默默地为我身边的朋友们煮上这碗味噌汤，隔岸观火。

很多时候，那些已婚的朋友坐在我的餐桌前，晒着幸福的全家照，却还叨唠着生活上柴米油盐酱醋茶的心酸与烦忧。在这场婚姻的攻防战里，究竟是你要来适应我，还是我要包容你，哪些领域可以妥协，哪些领域神圣不容侵犯，两个人需要慢慢协调。最后才能在攻守退让之中，协调出一个彼此共同舒服的领域，煮出一碗两人都能接受的味噌汤，携手传承一家人独有的口味。

然而搞定了味噌汤，却还有其他一〇五样需要攻防的领域。早晨起床房间光线的亮度、咖啡杯上的图案、牙膏的口味、内衣裤的折法、度假的地点、保险单的填写、小孩老师的性别，等等。婚姻的每一天，都在与另一个人跳着你进我退、我进你退的战斗舞。

我身边有这样一群可爱的已婚女人，展示幸福的同时，还得盘算十三个“让婆婆进他们房门必须敲门”的理由，并且思考怎样表达才不让老公生气。她们贤惠又自主，聪明的她们绝对不会在社交网站上加老公为好友。我身边还有另一群可爱的已婚男人，确实什么话都愿意听老婆的，却仍趁着晚上出门倒垃圾的机会，在便利店前偷偷吸一支烟，吐出烟雾时，仿佛在确定心里那一块小小的圣地还没被摧毁。这支战斗舞，他们每个人都跳得精彩，每个人都跳出一番学问。

我听着这些已婚朋友的婚姻学，又好笑又气愤，有心酸有甜蜜。我为他们煮着味噌汤，汤里加上蒟蒻、牛蒡、马铃薯和肉片，热热闹闹地喝上一口，也和他们一同喝下婚姻杂陈的五味。

当然，我餐桌前还有另一群人。

他们大多是这样的大龄单身男子。工作时是受人敬重的中高层主管，下班后打高尔夫、登山、潜水、骑脚踏车，将自己的时间排满；没有家庭的经济负担，有了闲钱就去买高级音响，休假时在家闭着眼品茶品酒品咖啡，听着高级音响流淌出的美妙音乐，心里很是踏实。这些大龄单身男子筑起了一个牢不可破的城堡，在这个城堡里他们享受高度的自由，并保有全然的自我领域。问他们想不想要结婚交女友，多半他们说："不排斥，只要……"

我周围还有一群大龄的单身女子。工作上也是受人敬重的中高层主管，下班后去健身房练瑜伽、拳击、有氧操以保持曼妙的身材，假日和姐妹按摩喝小酒，也把时间排得满满的；没有家庭的负担，有了闲钱买张机票享受一个人的小旅行，当她们坐在巴塞罗那的露天小酒馆享受阳光和桑格利亚汽酒时，心里也很踏实。大龄单身女子也建造了一个美丽的阁楼，在这个阁楼里她们享受全然的自由，以及没有被任何人期待的家庭角色。问他们想不想交男友或结婚，她们也说：“不排斥啊，只要……”

这样的三四十岁单身男子女子，对爱情也许没有放弃，却憧憬着更多的自由。他们有时候羡慕别人的全家福，却不愿牺牲好不容易建造的个人领域。他们谁都没有想要妥协自己喜爱的味噌汤口味，谁也都不想为另一个人学煮味噌汤。于是，他在城堡里望着她，她在阁楼里看着他，偶尔他们邀请对方过河到家中坐坐，鱼水之欢后却又庆幸对方适时走人。离开后，他迫不及待地回到自己的城堡抽雪茄，打开音响听音乐；她也迫不及待地回到自己的阁楼，点起精油蜡烛，泡玫瑰花浴，敷面膜。还好，谁都没有说要住下来。

我这些单身的男女朋友，他们在餐桌前为我贡献一页又一页、一夜又一夜的情感战斗史，我则为他们煮上一碗清澈的味噌汤，洒脱到只有海带芽和几片豆腐，干净到一口喝下谁都别想留下痕迹。

这个领域的攻防战，有人浑然天成不亦乐乎，也有人精疲力竭宣告退役。从前的婚姻关系或许是一道围城，里面的人想出去，外面的人想进来。然而现代的婚姻好像一种协商，没有达成共识前，里面的人不想出去，外面的人也不想进来。社会环境在渐渐改变，不管是已婚还是单身，不管有小孩没有小孩，我们都希望能有限度地保有自己的领域。我们不愿意全然付出、无止境的牺牲和妥协，我们希望即便在两个人的世界里，仍然能筑道自己的小矮墙，交融磨合却也能保有自己。就算这味噌汤磨合出了两人一致的口味，还是得偷偷加上自己喜欢的料。

新郎和新娘最后还是达成了共识，一起幸福地喝着味噌汤。我的日本大哥，腿上躺着猫，开始思考他第六个创业想法，以及第八种和女朋友分手的方式。单身也好，已婚也好，这碗味噌汤，守的是心底深处不愿被人侵犯的小城堡，却也期待着与另一个人交换幸福人生的滋味。

而我，还没决定这碗味噌汤，该怎么煮。

味噌汤的基本就是味噌、高汤和汤料。在味噌的使用上，可以根据个人口味，选择白味噌或赤味噌，也可以将两种混搭，试出一种自己偏好的风格。多试几次，记住那样的味道和那样的比例，就可以成为你个人的家庭口味。在高汤的使用上，日本的高汤博大精深，用昆布、柴鱼和小鱼干就能变化出各种不同的味道。高汤的煮法很简单，将昆布浸泡一晚后，小火煮沸捞起，大火沸腾后加入柴鱼片煮滚过滤，就是传统的日式高汤。然而说起来简单，火候的掌握、柴鱼的比例及厚度都是一门学问，得试很多次才能试出自己喜爱的高汤。也难怪，每个家庭每个妈妈煮出来的味噌汤，因为高汤不同、味噌不同而口味独特。

以下介绍一款清爽型和一款进阶型味噌汤。若说将这两款味噌汤一款给单身男女，另一款给已婚人士，未免太不公平（我的已婚朋友抱怨他们的生活才是清爽型，而单身朋友的日子料多得要溢出来）。但不管是哪一款，掌握了高汤和味噌的做法，依各人喜好就能变化出你自己的那款。

清爽的基本款味噌汤

高汤煮滚后放入食材（海带芽、豆腐等），等食材煮熟后，再用筛子过滤味噌加入汤中。待味噌煮熟后立刻停火。味噌煮太久会失去风味，所以要掌握时间，不要煮太久。

热闹的进阶型味噌汤

将猪五花肉切片，马铃薯、胡萝卜及洋葱切成入口大小。马铃薯及胡萝卜先用水煮软，将洋葱以高汤加入味噌煮熟，最后放上肉片，加入煮好的马铃薯及胡萝卜，洒上磨碎的芝麻。喜欢青菜的人，可以在最后放些蔬菜。

$78

Twelve

停下来，
喝一碗汤

每当飞机降落在赤腊角国际机场（香港国际机场）时，我就会感到一阵莫名的紧张。舱门打开，扑鼻而来的是属于香港特有的城市气味。一个城市的机场，总能闻到属于那个城市的文化和生活味。东京成田机场闻起来是谨慎，北上广一线城市的大机场，闻起来是金钱，而香港，每次走出舱门，我就会感到被莫名的气压催促地快步前进。我拉着行李，常常走着走着，眼睛和耳朵就感到焦躁和忙碌。一路上，穿过无数的免税店（每一家都是人挤人）和好几家快餐店、便利店（每一家还是人挤人），眼睛已经被琳琅满目的华丽招牌搞得视觉焦躁；机场大厅里重复着三种语言的广播，令人耳朵疲劳。不知道为什么，比起英语和普通话，粤语听起来总是特别的急促。

我因此不知不觉间就加快了脚步，拖着行李一路过关斩将。为了快速通关，我曾经就香港的几个机场总结出“快速求生法”。比如，办理“访港常客证”，电子通关可以避免在海关前大排长龙，节省大约三十分钟的时间；用最有效的方式打包行李，绝不托运，节省因等行李（或行李遗失）所花费的二三十分钟。还有，预先设想最靠近机场快线售票机的出口并预备好零钱，可以省下大约六分钟在柜台前排队买票的时间。机场快线标榜“二十四分钟到市区”，果然分秒不差。走出机场快线，拉着行李继续过关斩将，我用最短的路线上扶梯走出中环站，身后是反射着阳光的高耸的国际金融中心，抬头望向天空，我已置身香港这个玻璃之城，看了一下手表，四十二分钟。

老实说我真不知道自己在赶什么，但每次到香港，都会不由自主地想要挑战自己的速度纪录。可是，我一点都不赶时间啊！就像同侪间的压力一般，速度在香港，似乎成为一种全民礼仪。对我来说，这城市就像小时候卡通里常看到的“音速小子”，无时无刻不在奋力往前冲。香港对我来说，一直就是一个以音速前进的城市。

我第一次来到香港是在大学时期。当时一踏上香港这个四处环绕着无敌海景、各式高楼的大都会，我顿时兴奋不已。为了充分利用每一分每一秒，我下了飞机拖着行李，毫不耽搁地奔往茶餐厅，喝一杯冻鸳鸯，配一个冰火菠萝油，用这种中西合璧的稀奇甜蜜来暖身。接着杀去尖沙咀的海港城，让满山满谷新奇时尚的各种玩意，将自己变身成梦想中的都会人士。最后回到中环的翠华，用一碗鱼蛋粉当夜宵，幻想对桌坐着张曼玉、梁朝伟，来满足自己置身港片的虚荣感。那时年纪还轻，时间和速度以逛街、吃美食的多少来换算，乘上总是用不完的体力，也许我在香港不由自主的速度，就在那时种下了根。

近几年，我的心智逐渐成熟，却不再懂得欣赏香港。地铁站里被沉默的人群包围着急促向前；茶餐厅里一伸胳臂就能碰到陌生人眼前的鱼蛋粉；心急的老板总在你身后用迫切的眼神催促你离开。在这座拥挤的玻璃之城，人很近，心却遥远，这座城市在时间的洗礼下，并未减缓它的速度，其仍是香港的全民礼仪。我愈来愈不明白香港，也愈来愈惧怕香港。岁月沉淀了我对时间和空间的习性。年纪大了，时间被当成奢侈，尤其是用来放空或读书，所以，我愈来愈想逃离这种香港式的时间。

直到那天，我喝了一碗汤。

在上海时，我们流行“每人带一道自家特色菜”的聚会，在味道各异五花八门的菜品里，我的香港好友带来她煲了一天的汤。高汤用猪瘦肉和去皮鸡肉经过几个小时的煲制，加入鱼肚、螺片、薏米和冬瓜，再慢火煲上数个小时，白色的汤头入口，有一种令人感动的深刻层次。那不是单纯的汤鲜料美，而是每一种不同食材，带着它们各自不同的食补功效和味道，在火炉上的陶锅里彼此交融，配合细心控制的火候和掌握时间依序下料的细节，三个小时，在文火上慢慢成形，最终显现出一种只属于那锅汤的特殊层次。那是一碗看起来质朴的汤，我却在入喉的每一口里，品尝到复杂而成熟的时间的味道。

那个味道，唤醒了我的香港记忆。近几年，每次去香港或粤菜馆，我都下意识地点一煲老火例汤。“啊，好想喝一碗汤”已经成为一种自然而然的惯性。我从来不曾意识到自己这样的转变。

年轻时不懂得珍惜喝汤的美好，把吃饭时喝的汤当成一道解渴的配菜。那时的香港味觉，总是被各种洋派新颖的组合征服。冰火菠萝油、咸柠七、公仔面、鲜虾肠粉和黯然销魂叉烧饭，年轻时体会的香港是高效和新鲜，年轻时偏好的味觉，是重口味和带刺激的。所以，说到底是时间的转变，让我的“香港障碍”被一锅老火例汤给彻底征服；是时间的转变，让我珍惜喝汤的美好。煲汤，确实是个需要用时间和不厌其烦的耐心来换取的过程。配料时，鸡要去皮以免油腻了汤头，猪肉必先入水去血，猪肺必先用水冲洗七八次去除血水和气泡，鱼肚和响螺必先用水发三天；煲汤时，得细心照料，一锅汤料不能急促搅动，以免散了料浊了汤。花长时间慢慢煲汤，在这个以音速前进的玻璃之城里，竟是每户人家都有的饮食习惯。

时间，在香港是个奢侈品，在以高速前进的日常生活里，能停下来煲一锅汤，能停下来喝一碗汤，是无法取代的奢侈。于是我不禁想象这样的画面，快速的香港地铁，用最快的速度，带一个又一个母亲，赶回家给儿女煲汤；而一个个脚步如飞的上班族，一心一意地赶着回家，喝妈妈用时间和心意煲出的一锅汤。这样一想，这个急速的香港，变成了一个人人都急于停下脚步、好好喝上一碗汤的可爱城市。有点周星驰式的喜感。自此我爱上了煲汤。去香港时，花时间穿梭在海味街寻找质量好的鱼肚，没有人工漂白过的淮山，古老的陈皮，漂亮的冬菇和瑶柱，在市场上挑选心目中的上等蹄髈和老母鸡。我还翻阅药材表，仔细研究每一种食材、药材的功用，这么做，比年轻时穿梭在海港城东买西吃，更有一种属于当下的乐趣。

香港美食作家欧阳应霁是这么说汤的：“喝汤不只是一种饮食习惯，而是一种身心需要，时间到了愿意用时间去换取一些寄托。”也许是自己到了这样的年纪，岁月的沉淀，让我们对时间有不同的定义，让我们对速度有不同的看法；又或许真的是到了一定的身体需要，食补药补多少给人些心理慰藉，让我们更愿意停下来，把时间交付给一锅汤，用文火慢慢地、慢慢地炖出一碗寄托。是吧，是到了一定的年纪，才懂得什么叫“浪费时间”。用一下午的时间坐在沙发上，看着照在地板上的阳光从窗边慢慢变短；舍弃茶包，坚持用刀从普洱茶砖上细细剉下香浓的茶；不厌其烦地看着猫咪逗弄自己的尾巴；或者把厚重的食谱放在腿上，用手慢慢感触一页一页纸张的温度，想象着字里行间飘出的菜香。

我常常觉得被时间压得喘不过气来，可是却也不知不觉，在追赶着时间。贪心地想要把一天当一星期用，把一星期当一年用。突然一回头，自己已经三十了，再一回头，四十也在眼前了。时间就是这样囫囵过去。赢了时间，究竟剩下了什么，我也不明白。我想起香港电影里的桃姐，戴着

本地蝦
虾皮

眼镜弯着腰在市场里，一颗一颗地挑着普通却必须完美的蒜头，罔顾几个年轻人在背后笑她荒谬，那在她却是如此天经地义的事。我们也许就在这样不知不觉的生活中，为了速度而忘记停下，最美好的付出，也许就是停下来浪费一点时间。即使像煲汤这样坚持的传统，近年来在香港也有速成的。老师傅用体力和时间花几天煲出来的汤，在便利店用快餐包微波炉花三分钟就能喝到；还有各式的电子煲汤机，宣称设定好时间就能自动煲出一锅美味的汤。

不过，我还是愿意花时间慢慢煲汤。把时间浪费在一步一步的繁文缛节里，把时间交给这些单纯的事物。因为在这样的年纪里，除了用浪费时间把自己交付给未知的时间外，我们究竟还能做些什么呢？

把这碗汤喝下去吧！停下来，花一天的时间好好炖一锅汤，给自己一点时间的寄托。

身心都治愈的爵士汤

第一次读到爵士汤，是在香港美食作家欧阳应霁的书里。据说这道闻名遐迩的汤是邓肇坚爵士的家传汤方，经过首肯，成为西苑餐厅的招牌汤，后称爵士汤。我上网查了一下，发现这道汤真的很有名，还是邵逸夫的养生秘诀。这辈子成不了香港爵士，但是可以用这道材料丰富又养颜美容的爵士汤，好好照顾一下自己。

爵士汤，就是蜜瓜螺肉煲鸡汤。用猪骨、老母鸡、鸡脚、螺肉和瘦肉为主要食材，煲两个小时，讲究一点的话，可以加入沙参和玉竹一起煲。最后加入鱼肚和蜜瓜再煲一个小时。煲出来汤汁呈奶白色，富含蜜瓜的维生素A、螺肉的蛋白质、鸡脚及鱼肚的胶质，具有滋润及美容的功效。这道汤的食材有些不易取得，我认为煲汤的食材应随个人喜好，讲究一点可以到中药行买药材来煲汤；但若只是想要喝上一碗美味的汤，选用基本的食材，如蜜瓜、鸡和瘦肉等，加上长时间的悉心炖煲，其实就够了。

第一次炖爵士汤，前前后后花了我三天的时间，然而当白色带点鲜绿的汤头入喉，那扎实却不油腻、伴随蜜瓜清甜的浓厚香气，让我感动不已。煲汤的奥秘似乎就在流逝的时间中寻得，花时间的确是值得的。

Thirteen

老板，
来一盘幸福

车子停在通化街路口，我下车后迫不及待地奔向夜市。穿梭在通化街的夜市里，必须要有十足的意志力与全盘通透的策略才能全身而退。对一个远离夜市小吃许久的人而言，穿过炸得酥脆的臭豆腐、香的让人口水直流的炭烤玉米、在烤盘上刺啦作响的红花香肠、又香又咸的盐水鸡，却能全身而退，实在是个意志力与食量的大挑战。

不行，不能乱了阵脚，此行的目标是我始终如一的最爱——米粉汤。

直奔著名的通化街米粉汤摊位，还没靠近老板，身体就被汤头上的热气蒸得既兴奋又期待，那一大锅用猪骨熬制的浓郁白稠的汤诱惑着我。小吃摊左边两口大锅，熬着热乎乎的高汤和已煮成乳白色的米粉汤，右边台面的冷柜里放着各式诱人的黑白切小菜：吸了饱满汤汁的油豆腐、入口即化的卤大肠、一定要蘸芥末才能激发出烟熏味的鲨鱼烟、柔软多汁的软丝和嘴边肉……我感觉每个小菜都在向我招手，令我雀跃不已。

这家远近驰名的米粉汤，我已经好多年没来了。不知如何在混乱的人潮中点菜的我，抬头看见墙上的海报写着大大的“1 排队，2 点菜，3 找位”。哈！我很容易因这样的小事情而开心，店家了解客人心情而订立这种简单的规则正是充分了解客人的心情，这样做显得很有人情味；而且，人人都会自然地遵守着。

好不容易轮到我们，面对小山一般堆着的小菜和有限的胃，我和好友 J 踌躇不知从何下手。

“吃粉肝吧！”胖胖的中年老板娘毅然地替我们做出决定。

“粉肝是我们店的招牌，吃下去像黑鲔鱼般入口即化，吃起来会有幸福的味道。对！幸福的味道。我告诉你们，当幸福在我们眼前时就要给它好好地抓住。”老板娘的表情认真严肃，完全没有在开玩笑。

“好！那给我来一盘幸福！”我当机立断地决定立刻抓住幸福。

“好！”手上忙着张罗那盘幸福的老板娘，嘴巴继续着她的幸福理论。“对啦，我跟你们讲，幸福是要我们女人自己抓住，没有男人爱，就要自己给自己幸福。”

我和J小心翼翼地端着幸福，在小吃摊特有的矮桌矮凳间找到位子坐了下来。喝了一口热腾腾的浓汤，再夹几块多汁的大肠，嘴里还没吃完，又贪心地夹起淋了肉酱的烫青菜，不忘再送一片吸饱汤汁的油豆腐入口，我心底充满感恩的呐喊，这才是货真价实的米粉汤啊！

传说中的那盘幸福就在我们眼前，立刻夹了一片粉肝，加点姜丝沾了酱油膏，我们毫不犹豫地把幸福送到嘴里。柔软却有弹性的粉肝，口感果然如黑鲔鱼一样鲜冷滑嫩，当它遇到嘴里的温度在舌头化开时，尝到的是朴实而不做作的好味道，简直太美妙了！

“喂，你有吃到幸福的味道吗？”嘴里塞满各种美妙滋味的我，没忘记要向J确认一下。

“好像有啊。对啊，真的啊！好幸福噢！哈哈……”坐在路边摊上的这两位自认能识破所有营销伎俩的女子，竟在三十秒内被老板娘的幸福营销成功收买。那一餐心满意足的米粉汤，让我觉得幸福很是划算。吃完后，我们起身拍拍屁股，蹦蹦跳跳地前往下一站，继续在夜市寻找幸福。

“幸福”这个词随处可见。随便切一盘小菜，海带、豆干、牛肉、卤蛋一拼，淋点酱油香油，再加点葱花，就着简单的桌椅，搭配一碗阳春面，就是街头的“小确幸”。我特别爱看这种街头的小吃摊，老板娘通常站在右边切小菜，同时招呼客人点餐，老板则挥着汗水在中间煮汤面。点菜（厉害的人不用纸笔，就能记住每一桌所要的菜）、切菜、送菜、收钱、找钱……他们用绝佳的默契，配合着彼此的节奏。不管晴天、雨天，架起一个小吃摊，就是一家子的小王国。勤奋、朴实、人情味，倾注在这小小的碗里。

记得一次回台过年，我有一天半夜坐出租车回家，司机找完钱却没有立即离开，反而静静地等待。“没关系，晚了，我看你安全进了大门后再走。”司机的话让我受宠若惊，竟不知如何是好，回过神来后，我连忙道谢，匆忙地奔进家门。还有一次在街边排队买小吃，因为前面的人迟迟不做决定，我露出了不耐烦的表情，老板娘不断跟我道歉，轮到我时，她告诉我刚刚那个人，因为身上没什么钱、肚子又很饿，所以不知道二十块台币能吃什么。“我们每个人都有不顺遂的时候，所以遇到别人低潮的时候要多一点体谅。”我为之前的没耐心而感到羞愧。在台湾，干净的出租车、有礼貌的司机，笑容满面主动问好的店员、依序排队搭乘地铁的上班族、主动避让行人的车子……这些在当地再自然不过的事，却体现着它的人文素养。当人们认为遵守规则、尊重别人是理所当然的事情时，社会必然走向和谐幸福。

相较于大陆的大，台湾的小则如一股清流。小日子、小旅行、小午餐、小咖啡馆……不求多，不看远，只求好好沉浸在当下幸福的片刻，成为一种非常治愈的生活哲学。

然而近两年，我却为这样的小清新感到忧心。沉溺于“小”，就有看不到“大”世界的危险。当到处都是同质化的小清新，就有排拒多元化的隐忧。当我向朋友展示台湾优质的文化创意产业时，我感到骄傲，但是当这些品牌和产品只有一种同构型时，我又感到十分的焦虑。当台湾的新闻媒体将基隆幸福黄色小鸭的诞生和自爆作为独家专题时，大陆的媒体谈的却是叙利亚战争以及地球能源危机。台湾的人情味落实在企业内，极易陷入家族式的管理，有封闭以及排拒外人的危险。

小清新如何在大潮流中不被边缘化，走出一条自己的路，我常常问自己这个问题。每次想到这儿，通化街夜市的那盘粉肝和路边摊上的小清新卤味菜，就会将幸福的滋味送入嘴里，同时还掺着一些别样的味道。

我承认，我有如此的焦虑，却还没有答案。

幸福的台式家常卤味菜

离开台湾的那一年，我带了一只陶锅。这些年来，凭着这只陶锅和反复尝试，终于做出了台北路边摊的幸福家常卤味菜，我的台式卤味菜征服了许多人。

幸福卤味菜的秘诀是卤牛腱肉。用夹带着肉汁精华的卤汁，卤其他的东西，才会更有味道。确保卤汁盖过肉，让牛肉完全浸在汁内。一定要用陶锅，因其加热均匀并能保温。熄火后不开盖再焖三十分钟，如此一来牛肉才能鲜嫩多汁。

Fourteen

回忆里的味道

朋友送我一本食谱。食谱的名称很妙，叫做《蒋公狮子头》。食谱的作者严女士人称“奚妈”，为地道的上海人。年轻时的奚妈，嫁入豪门成为某银行总裁的媳妇，因其烧了一手好菜，遂成为蒋介石、严家淦等名流至奚家做客时的指定大厨。蒋公狮子头，顾名思义，想必是蒋介石当时特别爱吃的一道菜。

当我读这本食谱时，感觉好像在读历史书，充满着那个时代的记忆，有一种遥远模糊的时代感。

朋友指定要我照着做“狮子头”，我不知道他究竟打着什么样的算盘，一定要吃这道做工繁复的菜。我一向对别人点名要做的菜品充满好奇，不做出来绝不罢休，于是，我开始研究这本食谱。

狮子头、梅干扣肉、风鸡、烟熏黄鱼……翻着翻着，我发觉它们对我而言如同天书一样难以理解。除了我不擅长中式菜肴这个原因外，在我儿时的记忆里，这些古老的经典菜肴从未出现在我家的餐桌上。我努力回想，真的一次也没有。

儿时的我，在最为丰盛的年夜宴上所吃到的菜肴也就是：萝卜糕、白斩鸡、大蒜香肠、乌鱼子、佛跳墙和卤猪脚。狮子头这样的东西，真的不曾出现过。我无法想象正宗的狮子头、风鸡和烟熏黄鱼，究竟是个什么滋味？如果要我做普罗旺斯炖牛肉或松露意大利面，也许会容易些。

说到底，味道是一种个人化的私密的东西。每个人拥有不同的回忆，舌尖上自然就有不同的味道。

记忆中，我家的味道就是简单的鸡肉料理，只要过年就会有一整只鸡上桌，所以鸡对我来说就代表着幸福。我特别喜欢吃白斩鸡，只要听到妈妈在厨房剁鸡肉，我就会和哥哥争着排在厨房门口等待，妈妈会把我最爱的鸡腿塞给我。蒸煮出来的白斩鸡，有清爽的甜味和十足的韧性，要蘸着蒜末酱油吃。当鲜嫩多汁的鸡肉配上咸香的酱油和一丝辛辣的蒜末，所体现出的是食物本身的口感和味道，这对我来说就是味蕾的记忆。在我上小学的时候，白手起家的爸爸妈妈默默工作努力打拼，妈妈尤其辛苦，白天上班、晚上还得赶回家给我和哥哥做饭。有时候为了节省时间又兼顾营养，妈妈会在白天出门前准备好香菇和鸡，放入当时每家每户必备的大同电饭锅里炖煮。这样，放学回家后的我和哥哥，就有热腾腾的鸡汤可以喝了。有了鸡汤暖胃，我们就会乖乖地做功课，等着妈妈下班回来。所以，我记忆中小时候的味道，不仅有着土鸡的鲜美，还有妈妈这般职业妇女的辛苦。

话说回来，狮子头从来不在我的记忆里，它究竟是什么味儿呢？

我问了身边几个朋友，让我惊讶又觉得有趣的是，狮子头离我这般遥远的东西，却是很多人信手拈来的回忆。几乎每个人都能回想起一段与狮子头有关的记忆，只不过做法、味道、口感甚至大小，依照不同的家庭故事而有所差异。

小 J 在眷村长大，说起狮子头时，有一种无法言喻的兴奋。狮子头是他家里的“好东西”。因其材料的昂贵和讲究——绞肉、荸荠、金华火腿以及干贝等——平时

不能随便拿出来做，所以只有家中有了好事情，他的爸爸才会特地做狮子头来庆祝。因此狮子头对他来说，是奖赏的味道。

咪咪是土生土长的彰化人，狮子头对她则是“隔壁家”的神秘菜肴。她的妈妈身为职业妇女，没有时间准备晚餐，通常就是瓜子鸡放在大同电饭锅里炖，让她和弟弟放学回家就有东西吃。那时，隔壁小朋友的妈妈不用上班，准备的晚餐中就有狮子头。当然，从没尝过狮子头的她，总是对隔壁飘来的神秘香味抱以幻想和期待，因此形成了“口食瓜子鸡、心想狮子头”的悲壮情节。对她来说，狮子头是想吃又吃不到的童年记忆。

在聊天的过程中我慢慢发现，狮子头做工繁复、用料讲究，要做这道菜，肯定需要一个很大的理由。这种外形饱满、食材丰富的菜，一定要一家人坐在一起享受。所以狮子头是年菜，是庆祝、团圆的菜。狮子头的背后，是做菜人想要给全家人的满满的爱。

我的好友龚大中来自军人家庭。龚爸爸是军中将领，对子女管教严格；龚妈妈则充满温柔，对子女呵护备至。他的记忆中，妈妈会时不时地做他最爱吃的狮子头。回忆里，有妈妈挥着汗在老旧的厨房里搓肉的画面；也有肉丸入炸锅时刺啦作响的声音和香味。炸好的肉丸放入高汤长时间的炖煮，等待的过程总是令他坐立难安。狮子头焦黄酥脆的外皮包裹绵密鲜嫩的肉汁，汤头浓而不腻。吃的时候用筷子夹碎，配点大白菜，拌着白饭，最后再喝几口汤……对他来说，那是眷村的味道，是妈妈花时间让他开心的幸福滋味。几年前，温柔贤淑的龚妈妈因病过世了，龚妈妈的狮子头遂埋葬在他记忆的深处，再也吃不到了。后来，他经常在餐厅里点狮子头这道菜，可妈妈的味道从来不曾还原过。

既然狮子头对许多人来说充满了爱的回忆，为了不让我的好友们失望，我决定认真地研究狮子头的做法。

奚妈的蒋公狮子头，靠的是对火候掌握得宜的真功夫。绞肉本身朴实无华，必须拍打成型直接下锅炖煮。技术不好或比例不对，很容易造成肉丸入水即散，从而无法成形。汤底要用煮蛤蜊的汤，只取其汤丢弃蛤蜊（果然是豪门大气）。我试了几次总是失败，不是绞肉本身清淡无味，就是入锅时皮开肉绽，口感上总觉得哪里不对劲。我试着想象奚妈在那个年代是如何做菜的。身份特殊的她，要招待特别的

宾客，定要仔细挑选合适部位的肉，算好绞肉的比例，花时间细心拍打，待肉成形后再耐心炖煮。其中最重要的，是她对江浙菜系口感的经验与判断。对我来说，这是中餐相较于西餐最有难度的地方。火候、调味、用料没有一定的规则，说不清，全靠经验。

怎么办？绝对不能服输与放弃。于是我灵机一动，上网研究阿基师版本狮子头的做法。果然他的做法有些不同，制作绞肉时会放入荸荠，肉丸成形后先炸再入锅，保存其肉汁和形状。我在制作时，采用奚妈独特的蛤蜊汤为底，炖煮炸好的覆盖上白菜的肉丸。这道融合了时光、跨越了地域的混合式狮子头终于制作成功。这不是奚妈的味道，也不是阿基师的味道，而是属于我自己的味道。这道狮子头受到了朋友们的一致好评！地域的情结被和谐地融入进这道菜里，不管其做法源于哪里，好吃就行！

因为我的这道狮子头佳评如潮，去年过年时，我大胆将其列入年菜。结果，这道混合式狮子头，让全家人惊艳不已，配合着桌上的经典年菜——香肠、乌鱼子，从除夕夜吃到大年初二。这道“苏式”狮子头经过测试，获准列入苏家往后的年菜。我不禁想，苏家后代回想“小时候的味道”

时，狮子头也许会成为他们的“忆当年”，成为那些家庭故事里无法忘记的味道。

味道是一件非常玄妙的事。每个人的记忆里都有来自爸爸或妈妈菜肴的味道，多一分少一点，都不是午夜梦回时，那个让你微笑或哭泣的味道。每一个味蕾牵引着内心深处的回忆，那些让你悲伤或快乐的故事，那些你想念的人，那些再也回不去的时光。时间无法留住，味道却能留住。

我所努力的，是要在那些我爱的人的记忆深处，留下我的味道。

所以你留给别人的，是什么味道?

蒋妈妈狮子头

如果我能为朋友做些什么，也许就是做出他们回忆中的味道。为了努力还原龚妈妈的狮子头，我决定试着研究她的做法。一开始，我试着让龚大中回忆狮子头是清炖的还是红烧的？汤头有什么味道？大小尺寸？肉里掺杂什么？结果完全没用。味道虽然能用味蕾记忆，但却难用语言形容。我问他特别爱吃狮子头的原因。他回我两个字：缘分。那么，投缘的无法用语言形容的狮子头，究竟要怎么做呢？

还好大中灵机一动，他妈妈的这道菜得到当年住他家隔壁蒋妈妈的真传。如今还健在的蒋妈妈，如果能传授我们狮子头的秘诀，大中妈妈的味道就有可能还原了。

在一个有着暖阳的冬日午后，我们如愿地见到了蒋妈妈。她是一个温暖亲切的人，言谈举止间难掩大家闺秀的细腻气质。蒋妈妈烧得一手好菜，谈起她一道道的经典菜肴时，她神情间满是怀念与落寞。“哎！现代人不讲究花时间做菜了，连食材也不在意。我担心，这些东西，没人在意，也没有传承了。”听蒋妈妈这样说，我似乎感觉到了记忆中的味道，正在一点一滴地失传。就说当下的年菜，因为人们怕麻烦图方便，被餐厅的各式外卖所取代了。以后的孩子，记忆中的味道，到底会是什么呢？

蒋妈妈闭着眼睛回想这道狮子头的做法，像是沉入了回忆的洪流，轻缓地道出每一个步骤和细节，我仿佛和她一起，走进了三十多年前的上海厨房。

狮子头最重要的就是肉的比例，不同肥瘦的肉能调配出不同层次的口感。蒋妈妈的秘诀是三份前腿肉、五份后腿肉、一份半的肥肉。三至四根葱和一小块姜切成细末或磨成汁。将绞肉剁细，加入葱姜搅拌，这样既能去除肉的腥味又能增加滑顺的口感。蒋妈妈还有一个秘诀，就是“粗搅细拌”，不能搅拌太多次以免破坏口感。

接下来是调味。将两至两匙半的酱油，两匙的淀粉，三颗鸡蛋加入肉中，用筷子保持一个方向打匀，打好后放入冰箱静置两个小时，让淀粉发挥黏性，让绞肉慢慢入味。我认为这是一个很玄的过程，打到什么地步才算打匀或打好，咸淡的比例如何调整，都没办法言明，这一切只能凭经验，所以请大家各凭口味自行揣摩。

第三步将肉成形。蒋妈妈是用筷子将肉放在刀面上，一手拿筷一手拿刀，甩二十至三十下，将肉里的空气排出。我觉得这是一个高难度的技能，须经历年的练习才能做到。试了几次，我都无法成功，最后还是选用了最简单的方法，即用双手将肉甩成圆形。炸肉丸的热油温度要低于一百度，蒋妈妈特别交代，如此才能让肉丸里外熟透，才能禁得起炖煮。

最后就是炖煮。肉丸沥干油，放凉。锅底先铺上薄姜片、烫过的白菜叶，再放入肉丸，随后加入鸡骨高汤，持续炖煮两个小时。完成后，可以视肉丸的颜色淋上酱油，为其上色。

蒋妈妈的狮子头就这样完成了。我忐忑地记下这道食谱，希望大中记忆里的妈妈的味道，能够重现。

Fifteen

▼
Somewhere Only We Know

我把身体往前凑，一直盯着它们，生怕错过了那一刻。它们在烤箱里，从白色的小圆杯里渐渐地膨胀、鼓起，拼命地长高长大，这情景像极了用延时技术拍摄的花儿生长的纪录片。这样盯着看的过程有一种童趣的视觉效果。它们有一个美丽的名字——舒芙蕾（Soufflé），在法语中有“空气”的意思。

认识我的朋友都知道，我向来讨厌吃甜食。并不是怕胖，而是天生就不喜爱甜味。这么讨厌甜食的我，唯一能吃的甜点就是舒芙蕾。我想起了十年前在巴黎的那个夜晚，空气中夹带着春雨的味道。我和他选了一家不太起眼的餐厅，那是一家标准的法国家庭式餐厅，朴实却美味。我们饱餐了一顿后，夹带浓浓口音的法国服务生礼貌地问我，要不要来点饭后甜点。听到甜食立即皱眉的我连忙摇头，那位服务生失望的表情好像在说：“哎！这么美好的巴黎夜晚，怎么能不吃点甜点呢？”

“好吧！那有没有不甜的甜点？”话一出口我就后悔了。服务生惊讶地看着我，好像我是个外星人，十分怜悯我这个不小心闯入美食天堂却不知珍惜的东方女子，只差叫厨房里的大厨将我赶走。

“那就来份舒芙蕾吧。”坐在对面的他，替我解了围。

服务生终于露出一丝法国人骄傲的微笑，说：“是呀！怎么会有人不喜欢舒芙蕾呢？但是必须等三十分钟哟！”

“三十分钟？没关系，我们有的是时间。”他说。

是啊！那时我们都还年轻，有的是时间，可以任意挥霍来等待一份舒芙蕾。事后回想，其实那时，我们根本没有时间了。

必须等待三十分钟的舒芙蕾，上桌后要在它泄气之前吃掉，这样才能感受到它温热绵密的独特口感。刚烤好的舒芙蕾不会太甜，蛋白和面粉的香味有一种高雅清淡的甜味。蓬

松柔软的蛋糕，像朵花儿一样在圆圆的小烤盘上绽放开来。用汤匙在撒了薄薄糖霜的酥脆外皮上轻轻一敲，热气便冒了出来，舒芙蕾泄了气，令人有点沮丧。为了不让沮丧的心情持续太久，得赶快把它送入口中。温热的舒芙蕾像棉花糖一样在嘴里融化，有一种温暖的幸福感。是啊！这样美妙的幸福口感和十足的视觉效果，怎么会有人不喜欢呢？

多年以后，巴黎的那个夜晚和在空气中绽放的舒芙蕾，随着他的突然离去，在我心中成为一个无法碰触的哀伤，被埋葬在一个只有我自己知道的地方。从那时开始，只要看到舒芙蕾，就会觉得它们中空的内心有着各自的秘密基地，它们鼓足勇气呵护这小小的空间，直到被人敲碎，才将馥郁的香气带入人间，结束自己美丽而短暂的生命。是吧！如果用快播键来看人的一生，生老病死，璀璨和哀伤，就像努力生长、急着鼓气的舒芙蕾，却在最美好的时刻结束匆促的生命。美丽却悲伤。那时候我并不理解人的离去或事物的消逝，究竟意味着什么？美好的事物，为什么不能久一点，再久一点？

我心中的秘密基地渐渐尘封。生活的点滴汇聚在时间的分秒里，酝酿着，酝酿着。也许真的就是所谓的老成，人生的许多答案，必须依赖时间的风霜慢慢体会。

再次与舒芙蕾相遇，是在多拉的家里。这位广告公司的资深人员，某天突然决定放下做了十多年的工作，去东京蓝带国际学院学习甜点。没有为什么，也许纯粹只是时间的风霜，让她心里的那块秘密基地萌发了芽。制作舒芙蕾的过程十分繁复，光是用手打蛋白这样的体力工作，已经让我对多拉肃然起敬。扶着发酸的手臂，我看着它们在烤箱中用力长大。我们争先恐后地挤在小小的烤箱前，隔着玻璃观看，像在保温箱前看着自己亲手制作出来的小孩，有模有样地快速生长，充满童趣。心里随时间变得世故又老成的我，没想到多年以后，当自己制作舒芙蕾时，已经挥别了哀伤的情绪，能够充满童趣地看着这一切。是吧！就是这种感觉。

搬到上海的这些年，自己也像个鼓足了气的舒芙蕾，任由微热的空气在内心流窜。就是那些充斥在心的温热气流，让我拿起笔，等待着被人敲醒的那一刻，迫不及待地用笔绽放自己内心的情感。那些姐妹淘可爱的故事，那些朋友间搞笑的对话，那些自家阳台上、长在阳光微风里的香草，还有把小脸哭成肉包的两岁小侄子，那些生活中美好的事物，就在挥汗如雨的跑步里，在餐桌前夸张的笑容里，像空气的对

流般不断交汇，短暂却灼热。写着写着，我突然明白了。每个人心中都有一个秘密基地，在那里面有我们珍视的东西，它也许是哀伤的，快乐的，沮丧的，狂喜的。它们是一股股热流，一股股动力，默默地让我们鼓足了气，拼命地向上生长，即便短暂，却是美好。生命的美好不在于长短，而在于向上生长的短暂瞬间，我们是否用了全力。

再次送进嘴里的舒芙蕾，一样的清甜松软温柔，少了哀伤的味道，多了生活里淡淡的香甜。这股清淡的甜，是我身边这些可爱的朋友们带给我的，是经历了时间的洗礼才感受到的。是啊！谁会不喜欢舒芙蕾呢！

Somewhere Only We Know

Keane

I walked across an empty land
I knew the pathway like the back of my hand
I felt the earth beneath my feet
Sat by the river and it made me complete

Oh simple thing where have you gone
I'm getting old and I need something to rely on
So tell me when you're gonna let me in
I'm getting tired and I need somewhere to begin

I came across a fallen tree
I felt the branches of it looking at me
Is this the place we used to love?
Is this the place that I've been dreaming of?

Oh simple thing where have you gone
I'm getting old and I need something to rely on
So tell me when you're gonna let me in

I'm getting tired and I need somewhere to begin

And if you have a minute why don't we go
Talk about it somewhere only we know?
This could be the end of everything
So why don't we go
Somewhere only we know?

Postscript

后记

找回失去的日常

巴厘岛的阳光正好，灿烂而不刺眼；早晨吹来的风，是温柔地让人忍不住微笑的凉风。那只每天早上叫我起床的不知名的鸟，一个长声两个短声，自有她和我共有的韵律。我已经在乌布这个安静的小镇待了两个多星期。瑜伽，阅读，写作。

虽然人在旅行，但是在民宿里，我还是每天坚持自己做早餐，让自己有一种生活在当地而非观光客的踏实感。我从当地市场买回鸡蛋、新鲜的罗勒、熏制得宜的火腿。每天早晨，我用仅有的一只破旧的平底锅，烤吐司，煎蛋，再煮上一杯新鲜的咖啡。然后坐在洒满阳光的餐桌前，满怀恬静地吃我的日常早餐。即便身在旅途，我仍是喜欢这样恰到好处的日常。

《日尝时光》在台湾出版后，我得到的反馈比意料中的还要多。许多认识或不认识的朋友告诉我，看了书之后，他们开始尝试制作书中的菜品。他们喜欢里面的故事，开始珍惜每一次能坐在餐桌前好好吃饭的幸福。我感到自己何其有幸，能用文字，为他人送去日常生活里的些许感动。

几年前我的生活步调出现了问题。频繁地在北京、上海及其他各个城市飞行，早晨在酒店里的自助早餐桌前进行电话会议，晚上在大堂还没打烊前边写邮件边赶着点上最后一杯酒，好让自己在陌生的环境里睡得安稳。生活乱了脚步，心里感到无比焦虑。别人问我为什么不开心，我想了一下：“因为没办法每天自己做早餐吧！”听起来是一句玩笑话，却是我心里深处的渴望。无法每天花点时间给自己一个属于自己的时光，心不定，什么都做不好。

这也是为什么此刻我身在乌布——希望用每天重复而简单的事，找回我心里的步调。

2017 年是我搬来大陆工作的第十年，《日尝时光》的简体版在这时候于大陆出版，好像也是我自己的一个里程碑。和台北比较起来，北京和上海的生活与工作，更快，更急，也更容易让人一不小心失去自己。这样的浮躁似乎更需要觉醒，别忘了放慢脚步，别忘了在外卖的三餐之外，每天至少腾出一点时间来，给自己做上一顿饭，在餐桌上找回一点感动。

简体版出版前，为了让大陆的读者也能分享我的心情，我在微信上开了公众号，继续记录我每天餐桌上和餐桌外的“日尝时光”。然而蜗牛般的更新速度，注定让我成不了网红。

罢了，我仍喜欢安安静静地坐在书桌前，不管是在北京，上海，还是乌布，慢慢吃着早餐，一字一字写下我想说的故事。不管此刻你在哪个城市，希望你能慢下来，让书里的文字和故事，陪伴你每天的日常时光。

苏宇铃

2017年5月 巴厘岛 乌布

图书在版编目（CIP）数据

日尝时光 / 苏宇铃著. -- 北京 : 北京时代华文书局, 2017.7
ISBN 978-7-5699-1617-1

Ⅰ. ①日… Ⅱ. ①苏… Ⅲ. ①随笔－作品集－中国－当代 Ⅳ. ①I267.1

中国版本图书馆 CIP 数据核字 (2017) 第 120256 号

日 尝 时 光

Ri Chang Shi Guang

作　　者 | 苏宇铃

出 版 人 | 王训海
选题策划 | 曾　丽
责任编辑 | 岳　伟　石乃月
装帧设计 | 孙丽莉　段文辉
责任印制 | 刘　银　范玉洁

出版发行 | 北京时代华文书局 http://www.bjsdsj.com.cn
北京市东城区安定门外大街 136 号皇城国际大厦 A 座 8 楼
邮编：100011　电话：010-64267955　64267677
印　　刷 | 北京卡乐富印刷有限公司　010-60200572
（如发现印装质量问题，请与印刷厂联系调换）
开　　本 | 880mm×1230mm　1/32　印　张 | 7.5　字　数 | 141 千字
版　　次 | 2017 年 10 月第 1 版　印　次 | 2017 年 10 月第 1 次印刷
书　　号 | ISBN 978-7-5699-1617-1
定　　价 | 45.00 元